Corinna Howe
Leben in China

AF285639

Gewidmet sei dieses Buch allen Freunden, die uns nah und fern in diesem Jahr begleitet und unterstützt haben,
ganz besonders aber meiner Familie! Meine vertrauten, mitstreitenden, kritischen, amüsanten, ehrlichen, lachenden Lebensbegleiter – wie liebe ich Euch!

Corinna Howe

Leben in China

Über das heitere Leben einer deutschen
Hausfrau im Reich der Mitte

2006
Umschlaggestaltung: Corinna Howe
Herstellung und Verlag: Books on Demand GmbH,
Norderstedt
Printed in Germany
Dieses Buch wurde im On-Demand-Verfahren hergestellt

ISBN-10: 3-8334-6461-5
ISBN-13: 978-3-8334-6461-4

Vorwort

Ich halte mich nicht für einen Schriftsteller, ja, nicht einmal für einen literarisch übermäßig interessierten Menschen.

Anfang und Grund dieses Buches war schlichtweg eine heitere Art der Heimwehbewältigung und der Versuch, daheim nicht vergessen zu werden.

Also schrieb ich unsere Erlebnisse auf und schickte alle paar Wochen meine „Berichte aus China" an Freunde und Bekannte nach Deutschland.

Angestoßen durch viele Rückmeldungen, diese Berichte doch als Buch drucken zu lassen, ist dies nun der Versuch, den Lesern einen Einblick auf unser erstes Jahr in China geben.

Ich habe ganz bewusst darauf verzichtet, Jahreszahlen, sowie Chinas Geschichte aufzuarbeiten und habe auch die großen Sehenswürdigkeiten nicht aufgelistet, weil das sowieso in jedem Reiseführer steht.

Hier soll es einzig um unser Leben als Familie, in diesem für uns fremden Land gehen. So, wie die Expats hier halt leben.

(„Expat" ist eine Bezeichnung für Menschen, die von einer Firma ins Ausland geschickt werden, um dort für eine meist befristete Zeit zu arbeiten.)

Menschen, die bereits einmal in China waren, die uns kennen oder die geschäftlich öfter mal „rüber" müssen, werden viele Geschichten selbst erlebt oder erfahren haben. Wer in der Vorbereitung zu einem China-Aufenthalt ist, dem wird vielleicht die Eingewöhnung etwas leichter und so hoffe ich , auch die Vorfreude darauf!

Sicherlich ist jede Stadt und jede Familie unterschiedlich, darum sollte dieses Buch als das gelesen werden, was es ist: Die Erlebnisse der Familie Howe in China!

(Mit Ausnahme unserer eigenen Namen sind alle im Text vorkommenden Namen umschrieben („Jakobs Nanny"), ausgelassen (Mr. H.) oder geändert)

Ankunft in China
August 2005

So, nun startet es also, unser großes Abenteuer! Nach nur wenigen Wochen der Vorbereitung saßen wir im Flieger mit dem Ziel „ Shanghai". (Für alle jene unter euch, die geographisch genauso eine Leuchte sind wie ich: Shanghai liegt an der Ostküste Chinas)

„Wir", das sind Michael, mein Mann, Frederike (15 Jahre), Jakob (2 Jahre) und ich, Corinna.

Der Flug war besser, als ich es erwartet hatte. Zehn Stunden sind mit Kleinkind nicht unbedingt ein Problem, solange es Stewardessen gibt, die kleine Jungen mit blonden Locken im Strampelschlafanzug ganz toll finden.

Frederike war mit dem Unterhaltungsprogramm in der Buisness-class auch vollauf beschäftigt und daher die einzige, die nicht geschlafen hatte, weil sie sich alle Filme anschauen musste, die Lufthansa zu bieten hatte.

Als wir nach der Passkontrolle zum Rollband kamen, liefen unsere neun Koffer schon munter im Kreis, es passte alles, wie bestellt. Auch der Fahrer, der von der Firma geschickt worden war, stand mit seinem Zettel bereits wartend da.

Auf der Fahrt machten wir dann die erste Erfahrung mit diesem Land: Es war mörderisch heiß! Satte 37 Grad und sehr hohe Luftfeuchtigkeit. Und keine Getränke im Handgepäck! Für die 300 km nach Nanjing brauchten wir 4,5 Stunden, weil wir an jeder Raststätte anhielten, um etwas zum Trinken für die Kinder zu kaufen – es gab nur nirgends etwas!
Bei der ersten Raststätte war aber immerhin eine Toilette, also Stehklo. Wasser gab es zum Händewaschen nicht, die Raststätte ist noch im Bau. Das galt für alle Raststätten an der Autobahn; sie sind meist noch im Rohbau. Das hält die Chinesen aber nicht davon ab, überall schon mal Schilder aufzustellen, dass es hier jetzt eine Raststätte gibt...

Am Hotel angekommen, war ich noch nie so froh über fünf Sterne. Die Suite war großartig und Frederike meinte nur:
„Protzig!" und grinste über beide Ohren.

Das erste Essen-Gehen

Viel Zeit zum Ausruhen blieb uns nicht, denn wir hatten noch einen Termin zum Abendessen mit Dr. Wang und einem weiteren Kollegen Michaels: Hoch über Nanjings Dächern im 54. Stockwerk gibt es ein Drehrestaurant.

Und ich habe Höhenangst! Ich hatte schlagartig keinen Hunger mehr und fühlte mehrmals, wie der Turm schwankte (Michael behauptet steif und fest, es wäre der Tisch gewesen, der geschwankt hat).

Nun muss man nicht denken, man bekäme Hund oder Katze oder anderes komisches Getier auf den Teller.

Solche Delikatessen sind in China sehr teuer und werden Ausländern nur auf Wunsch vorgesetzt. Und überdies nur in einigen ausgewählten Restaurants, wie dem Shangrila beispielsweise.

Wer also einmal nach Nanjing kommt und genau das sucht, sollte sich also dieses Hotel dafür aussuchen und darauf achten, dass es Winter ist, denn Hund gibt es nur in dieser Saison, angeblich wärmt es von innen und schmeckt ähnlich wie Kassler.

Fisch und ähnliches Meeresgetier allerdings wird vor dem Zubereiten gezeigt, damit man sich davon überzeugen kann, dass es wirklich frisch ist.

Also begutachteten wir die krabbeligen Flusskrebse in der Plastiktüte und ich fürchtete schon, wir müssten sie lebendig essen...

Auch wenn ich keine Ahnung hatte, was sich hinter den verschiedenen Gerichten an Inhalten verbarg, es war sehr lecker.

Jakob konnte nicht lange stillsitzen und machte sich auf Erkundungstrip durch das Lokal.

Und machte seine erste Begegnung mit Chinesen.

Viele wollten seine Haare und seine Haut anfassen, denn ein blonder Junge mit Locken und heller Haut bringt hier Glück...

In der Nacht träumten beide Kinder heftig und redeten auch im Schlaf, was unsere Nachtruhe durch häufiges Aufstehen nicht gerade geruhsamer und erholsamer machte.

Flusskrebse vor dem Verzehr

Einkaufen ist toll!

Durch nicht vorhandene Ladenöffnungszeiten bietet sich der Sonntag super für einen Familien-Einkaufsbummel an! Hier sind die Waren, die uns Frauen so glücklich machen, einfach sagenhaft günstig (und meistens auch billig...) und darum genossen Frederike und ich es, mehrere hundert T-Shirts, Röcke, Kleider, BHs und Schuhe auszuprobieren, um uns dann doch nicht entscheiden zu können und mit sehr wenig Gepäck wieder ins Hotel zu gehen.

Die Männer sind auch auf ihre Kosten gekommen, als wir am Nachmittag dem Hotelpool einen Besuch abstatteten.

Montag war dann Rikes erster Schultag in der Internationalen Schule in Nanjing. (Wir Eltern waren mindestens genauso aufgeregt wie Rike)
Nur Jakob vertrieb sich die Zeit, in dem er in der großen Halle mit einem Aufziehauto den Leuten zwischen den Füßen herumfuhr.
Das erste, was uns seltsam vorkam: Die Lehrer lächelten und waren ausnahmslos gut gelaunt!
Und das am ersten Schultag!
Es war auch sofort Jemand da, der uns durch die Schule führte und Frederike das Klassenzimmer zeigte.
Auch die Eltern, die ihre Kinder zur Schule brachten, waren gut gelaunt. Wir haben kein einziges Kind gesehen, das nicht freudig in seine Klasse marschiert ist.
Frederike war vom Gebäude und den Lehrern bereits nach zwanzig Minuten so begeistert, dass sie meinte, wir könnten doch jetzt gehen, sie möchte in ihre Klasse...
Zurück im Taxi haben Michael und ich dann ein paar Freudentränen geweint, weil es so gut geklappt hat.

In and Out in Nanjing

Auf der Straße sieht man jede Menge Damen mit Schirm. Im Gegensatz zu den deutschen Frauen, die sich auch im Sommer eine Zehnerkarte fürs Solarium kaufen, gilt es bei den Chinesinnen als besonders Chic, nicht braun zu sein. Darum beinhalten die meisten Kosmetika auch Bleichmittel.

Beim Fahrradfahren trägt Frau dann einen Schweißerhelm und einen Seidenumhang, um die bloßen Arme vor der Sonne zu schützen.

Das allerdings sieht ziemlich dämlich aus, darum werde ich wohl einen neuen Trend setzen müssen, indem ich freizügig, ohne lange Ärmel bei fast 40 Grad umherlaufe und darauf bestehe, dass Sommersprossen sexy sind!

Mittwoch machte einen Einkaufstrip allein, bzw. mit dem Jakob im Tragetuch auf dem Rücken.

Dieses Tuch ist mit Gold nicht aufzuwiegen, denn es ist damit überhaupt kein Problem, Rolltreppen und enge Gänge sowie Trauben von begeisterten Chinesen beim Anblick des blonden Jungen zu überstehen.

Und dabei hat man sogar noch zwei Hände frei und Jakob kann über meine Schulter auch alles sehen.

Nach der anfänglichen Einkaufseuphorie musste ich jedoch bald feststellen, dass China nicht gerade auf meine Konfektionsgröße ausgerichtet ist.

Ab Größe 40 kann ich nur noch in Geschäften für Schwangerschaftsmode passende Kleidung einkaufen.

Allerdings gehen mir auch dort die Abendkleider nur bis kurz über das Knie, weil die Chinesinnen an sich ja selten über einen Meter fünfzig Körperhöhe hinauskommen.

Auch bei Schuhen ist die Auswahl bei Größe 40 nur bei den Herrenschuhen noch ergiebig.

Aber wie sieht denn das aus, ein Schwangerschaftskleid mit Stickereien und dazu Herren-Wanderstiefel?!

Ganz groß sind im Augenblick Elektroroller auf der Straße.

Das Fahrrad nimmt nur noch, wer sich eben diesen nicht leisten kann und zusammen mit den Fußgängern und Autos ergibt das eine hektisch-heitere Mischung auf den Fußwegen, die das Überqueren einer Straße schlichtweg unmöglich machen.

Das Beste ist, sich ein Taxi zu nehmen, dem Fahrer einen vom Hotel geschriebenen Zettel mit dem Zielort unter die Nase zu halten und sich entspannt zurückzulegen – auch wenn der Zielort nur auf der anderen Straßenseite liegt!

Leseschwäche

Wer Schwierigkeiten hat, Menschen mit Analphabetismus zu verstehen, der sollte einfach mal in die Stadt gehen, mit einem bestimmten Ziel, aber ohne Lageplan.

Es gibt nicht immer Schaufenster, und es gibt wenig lateinischen Buchstaben. Man kann einfach gar nichts lesen!

Es ist schon völlig verrückt, wie aufgeschmissen man ist, wenn man die Buchstaben (oder in diesem Fall die „Charakters" = chinesischen Schriftzeichen) nicht entschlüsseln kann! ´

Auch die Taxifahrer können keine lateinischen Buchstaben lesen und verstehen Englisch gleich gar nicht...

Nicht, weil sie nicht wollten oder unfreundlich wären – sie verstehen schlichtweg nicht, was man von ihnen will und können den Fahrgast somit nirgends hinfahren.

Weil es mit den Polizisten ebenso ist, habe ich Jakobs Namen und das Hotel in chinesischer Schrift auf einen Zettel schreiben lassen und ihn dem Kind immer in die Hosentasche gesteckt. Falls er doch mal im Gewühl verloren geht...

Andererseits muss ich beim Verlust des Kindes nur darauf achten, wo gerade die größte Menschentraube ist.

Leseschwäche

Bettler

Nicht alles an Nanjing ist schön und großartig. Es ist immer laut und stickig, manchmal hat man das Gefühl, die heiße Luft ist so verdreckt, dass es klebt.

Es ist so dunstig, dass man den blauen Himmel nicht sehen kann.

Und oft gibt es Bettler auf den Straßen.

Gerade am Abend vor den Restaurants, in die die Europäer zum Essen hingehen.

Es sind vor allem Kinder und Behinderte und Mütter, die sich mit ihren Plastikschalen und dutzenden Verbeugungen vor unsere Füße legen und jammern.

Es empfiehlt sich also, immer ein paar Münzen dabei zu haben, denn es ist eine Situation, die mir den Schlaf raubt, wenn ich über die verkrüppelten Kinder hinwegsteigen muss, wenn ich nichts gegeben habe, weil ich nur große Scheine im Portemonnaie hatte.

Dann springen sie nämlich auf, laufen vorbei und legen sich wieder jammernd vor die Füße...

Es gibt Leute, denen macht das nichts mehr aus – ich gehöre nicht dazu.

Es ist mir auch gleich, ob diese Menschen von irgendeiner Gruppe auf den Mitleidszug losgeschickt werden.

Der Steuerbehörde geben wir schließlich auch immer wieder Geld ohne wirklich zu wissen, wo es bleibt…

Jedenfalls fühlt sich mein Gewissen wohler, in diesem Moment etwas von unserem Reichtum abzugeben, wenn Jemand direkt darum bittet.

Ob das „richtig“ oder „falsch“ ist, darüber lass ich die Menschen einfach streiten.

Chinesinnen und Europäer

Wer seinem Ehemann nicht ganz vertraut, sollte nicht nach Nanjing ziehen. In einem Club oder einer Bar gibt es genügend Frauen, deren Beruf es ist, Europäer zu lieben. Verständlich, wenn man bedenkt, wie wenig sie als Kellnerin oder Verkäuferin verdienen.

Ein Europäer, der sie nach europäischem Recht zur Frau nimmt, ist ihre „Fahrkarte ins Glück".

Und es gibt nicht wenige, die alles daran setzen, dieses Glück zu erlangen.

Es ist sogar vorgekommen, dass Michael in der Hotellobby ganz reizend angesprochen wurde, und die Dame sich begeistert mit ihm unterhielt, während sie mich erst geflissentlich übersah und mir dann ab und zu sogar bitterböse Blicke zuwarf.

Aber das ist die Ausnahme. Meistens verhalten sich die Chinesen sehr gastfreundlich und hilfsbereit.

Das neue Haus

Am Samstag, 20. August gab es die Schlüssel für unser neues Domizil. Die wunderschöne Villa mit Garten und Wintergarten liegt in einem bewachten Gebiet (Compount), in dem die gehobenere Klasse Chinesen aus Nanjing wohnt.

Außer uns wohnen hier nur Müllers als Ausländer – ein gefundenes Fressen für die fast schon pathologische Neugier der Menschen hier.

Gleich am ersten Abend, es war bereits dunkel, Michel war gerade noch mal zum Hotel zurück gefahren, um die letzten Taschen und Koffer zu holen, stand bereits der erste Einwohner vor dem Küchenfenster und schaute interessiert zu, wie ich das Abendessen zubereitete.

Ja, ich habe mich erschrocken!

Inzwischen ist es fast schon Gewohnheit, das ab und zu jemand unter dem Küchenfenster steht und ganz offen auf das Tun starrt, welches sich in unserem Haus abspielt.

Die Chinesen haben ein gänzlich anderes Verhältnis zu Schmutz.

Das Haus war, als wir es übernahmen, derart verdreckt, dass wir das erste Wochenende mit Putzen verbrachten.

Ich schwöre, es ist keine Übertreibung, dass weder die Küche noch das Badezimmer in den drei Jahren nach Erbauung des Hauses jemals geputzt worden waren!

Die Toiletten stanken bestialisch… Inzwischen bin ich fast überall mit Eimer und Wischlappen gewesen, so dass ab nächste Woche eine Putzfrau eingestellt wird, um diesen Zustand zu halten.

Ansonsten ist dieses Gebäude einfach herrlich!

Ein heller Marmor erstreckt sich durch die Eingangshalle und führt rechter Hand in den Wohnbereich, links in die offene Küche.

Dazwischen befindet sich eine Tür zur Bibliothek.

Es gibt drei Bäder.

Eines im Erdgeschoss, eines am Aufgang der Treppe und eines (mit Whirlpoolwanne) in Schlafzimmer der „Herrschaften", wie es hier so schön heisst.

Ich gebe zu, ich musste laut lachen, als ich das gesehen und gehört habe.

Wenn man die Treppe betritt, liegen Mahagonipaneele als Fußboden in der gesamten mittleren Etage und machen die Räume wesentlich heimeliger. Außerdem haben die Schlafräume eine normale Höhe von 2.40 m, während im Erdgeschoss die Deckenkonstruktionen erst weit über drei Meter beginnen.

Frederike bewohnt den kompletten Dachboden mit teilweise begehbaren Schränken.

Neben den zwei Zimmern der „Herrschaft" (lach!) befindet sich das Kinderzimmer, daneben liegt das Gästezimmer mit einem wunderschönen runden Balkon davor und einer tollen Sicht über die Gärten.

Der Wintergarten ist von innen durch das Wohnzimmer zu erreichen und hat zwei Türen, die in den Garten und vorn zur Haustür führen. Im Garten sind kleine Wege angelegt, die zu einer überdachten Sitzgruppe oder zur Einfahrt führen oder aber zu einem Rasenweg, über den man direkt zur Straße kommt. Neben Weinranken und Aprikosenbüschen haben wir noch vier andere Obstbäume im Garten, deren Früchte ich allerdings nicht kenne – aber bald ernten kann, wie mir die Nachbarin versicherte.

Bin gespannt, was uns da geschmacklich erwartet. Ihr seht, ich bin völlig vernarrt in dieses Haus!

„Unser" Haus im Winter

Einkaufen

Das nächstgelegene Geschäft ist der „Suguo", ein Supermarkt mit recht gut ausgestattetem Warenangebot. Also habe ich mich bereits am ersten Tag gutgelaunt zum Einkaufen begeben.

Komisches Gefühl, wenn man erst an den uniformierten Wachleuten (Guards) vorbei muss, die stramm stehen und militärisch die Hand an die Schläfe heben…

Ich werde angestarrt von allen Leuten, denen ich begegne. Es ist viel auffälliger als in der Stadtmitte, die ca. 40 min. mit dem Taxi entfernt ist.

Der Supermarkt ist ähnlich aufgebaut wie in Deutschland. Nur findet man hier mehr Personal.

In jedem Gang stehen zwei Verkäuferinnen. Die Leute gehen mir hinterher, schauen, was ich in den Einkaufswagen lege und diskutieren darüber.

Michel ist eine Verkäuferin durch den ganzen Laden hinterher gegangen, bis zur Kasse.

Meine erste Mission galt den Vorräten wie Zucker, Mehl, Milch usw.

Kein Problem – dachte ich!

Aber ohne lateinische Buchstaben und mit undurchsichtigen Verpackungen ist es oft ganz schön überraschend!

So habe ich beispielsweise statt tiefgekühlten Erbsen fälschlicherweise Eis am Stiel eingekauft – aber mit Erbsengeschmack!

Frederike hat sich vor Lachen nicht mehr halten können, als ich es neben ihr Schnitzel legte und „Guten Appetit!" wünschte.

Der Pfannkuchen, den ich mit Stärke anrührte, weil ich dachte, ich hätte Mehl in der Packung, ging dann in der Pfanne fröhlich in die Höhe und hatte etwas von explodierten Crêpes.

Am Ende der ersten Woche selbstständigen Einkaufens fand ich in einem Regal ein Glas mit Senfgurken,

von „Hengstenberg" und mit deutscher Aufschrift.

Ich hätte nie gedacht, dass ich in einem Supermarkt stehen könnte, ein Glas Gurken an mein Herz drücke und mit Tränen in den Augen den Satz „Qualität, die man schmeckt" lese!

Ich habe es zu einem Glas Bier feierlich abends bei Kerzenschein aufgemacht: eine Kostbarkeit!

Handwerker

Zu den wichtigsten Erfahrungen gehört absolut der Umgang mit Handwerkern und Gärtnern.

Gleich am Montag, Michel war nach Chuzhou abgereist, wo er arbeitet und von wo er erst am Freitag zurück kommt, fiel der Strom aus.

Es ging nichts – aber auch nicht das kleinste Lämpchen mehr. Ich informierte den Hausbesitzer, der versprach, sofort einen Handwerker zu schicken.

Er kam gleich um zehn Uhr morgens und begann, den Sicherungskasten näher in Augenschein zu nehmen.

Dann zog er aus allen Steckdosen die Stecker heraus, plötzlich war ganz kurz der Strom da!

Ich freute mich, da ich Wäsche in der Waschmaschine hatte, die durch den wiedergekehrten Strom mit dem Waschprogramm nun noch mal von vorn begann.

„Macht nichts, " dachte ich", doppelt gewaschen macht eh sauberer."

Bevor der Sicherungskasten geschlossen war, fiel der Strom erneut aus, die Waschmaschine verstummte.

Jetzt kamen noch zwei andere Handwerker, zogen ihre Schuhe aus und zu dritt begann man nun, alle Steckdosen im Haus auszubauen.

Danach nahmen sie den Sicherungskasten heraus und untersuchten das Gewirr von Kabeln, das sich dahinter befand. Gegen 18.00 Uhr kam der Hausbesitzer und erkundigte sich nach der Lage.

Man meinte nun allgemein den Fehler gefunden zu haben und führte nun das Ergebnis der Arbeit vor.

Der Strom war also wieder da.

Meine Waschmaschine startete den dritten Waschvorgang mit derselben Wäsche, da die Tür der Maschine sich leider erst nach Beendigung des Waschprogramms aufmachen lässt.

Die beiden Helfer und der Hausbesitzer verließen uns.

Fachkundig wurde der Sicherungskasten wieder in die Wand gesetzt und die Stecker der Lampen und Elektrogeräte in die Dosen gestöpselt.

Es gab einen kleinen „Puff!" – und der Strom war wieder weg.

Ein klitzekleiner Seufzer entrang sich meiner Brust und der Handwerker fing sogleich an, die Stecker herauszuziehen und den Kasten auszubauen.

Ich habe derweil im oberen Geschoss bei Kerzenschein meinen Sohn gebadet.

Zwischendurch erhellte sich durch eine wiedergewonnene Stromzufuhr das Badezimmer durch die Deckenbeleuchtung.

Innerlich hatte ich pures Mitleid mit meiner Wäsche, die gerade zum vierten Mal gespült wurde und vermutete, dass die T-Shirts darin jetzt alle Jakobs Größe hatten.

Wenig später kam ich mit einem blitzsauberen Jakob im Schlafanzug wieder herunter.

Der Handwerker saß auf meinem Sofa und sah mich erwartungsvoll an.

Was wollte er?! Da er kein Wort englisch sprach saßen wir uns nun minutenlang gegenüber und guckten uns an.

Dann stand ich auf und holte ihm eine Dose Cola.

Er nickte, lächelte und machte mir durch Bewegungen begreiflich, er wolle jetzt etwas zum Essen.

Ich staunte und dachte noch so bei mir, dass ich das recht merkwürdig finde – aber keinerlei Erfahrung mit chinesischen Handwerkern habe.

Ich machte ihm also ein Marmeladenbrot.

Als ich wiederkam, hatte er die Füße auf den Wohnzimmertisch gelegt und war richtig fröhlich mit Jakob beschäftigt.

Nach einiger Zeit war mir das zu blöd und ich wollte gerade meinen Mann anrufen, als der Hausbesitzer wiederkam.

Der Handwerker sprang erfreut auf und zeigte dem Hausbesitzer, wo der Fehler denn nun gelegen hatte und wie er den Schaden behoben hatte.

Und machte den Strom zu Demonstrationszwecken noch einmal aus – es wären nur noch wenige Minuten bis zum Ende des Waschprogramms gewesen...

Um 22.00 Uhr verabschiedeten sich die Beiden und die Waschmaschine startete, etwas gequält, den fünften Waschgang - mit immer noch derselben Wäsche.

Taxifahren

Taxifahren ist in Nanjing nicht nur besonders günstig, sondern auch besonders aufregend!

Vergesst die Kirmes-Fahrgeschäfte, die den ultimativen Kick versprechen – die Beförderungsvehikel der Innenstadt und vor allem ihre Fahrer pumpen das Adrenalin bis in die Haarspitzen!

Ich hielt an einer dicht befahrenen Hauptstraße (6 Spuren in eine Richtung) ein Taxi an und zeigte dem Fahrer einen Zettel, auf dem der Zielort in Chinesisch geschrieben war, denn die Fahrer können keine lateinischen Buchstaben lesen.

Da das Ziel aber nun in der entgegengesetzten Fahrtrichtung lag, dachte ich, er würde bei der nächsten Kreuzung abbiegen, um auf die andere Spur zu kommen. Weit gefehlt!

Ich hatte mich noch nicht mal angeschnallt, da schlug er das Lenkrad ein, hupte ausdauernd und wendete - mitten auf den sechs Spuren und fuhr im Zick-Zack als Geisterfahrer durch die entgegenkommenden Fahrzeuge!

Ich schrie eben so ausdauernd, wie er hupte und es schien ihm sogar eine gewisse Genugtuung zu bereiten, dass er mich wohl mit seinem Fahrstil beeindruckte.

Ich erlebte die Fahrt noch mehrere Nächte in meinen Alpträumen wieder!

Abendessen für die Fahrer

Nach einem netten Spaziergang im Park am See wollten Michel, Jakob und ich gegen 18.00 Uhr wieder heimfahren.

Es fuhren auch massenhaft viele Taxen an uns vorbei, sie waren alle unbesetzt, hielten jedoch nicht an!

Verwirrt standen wir längere Zeit an der Straße, bis sich ein Fahrer erbarmte.

Er sprach etwas englisch und machte uns klar, dass es zwischen 18.00 Uhr und 19.00 Uhr keine Beförderung gibt, weil dann die Fahrer zum Abendessen müssen.

Fahrgäste nehmen sie nur mit, wenn das Fahrtziel auf der Strecke liegt oder sie die Leute an irgendeiner Ecke rauslassen können.

Die Taxifahrer bemühen sich übrigens sehr um Freundlichkeit.

Einen muffigen Berliner Taxifahrer wird man in Nanjing nicht finden.

Wenn das Ziel der Fahrt dem Fahrer unbekannt ist, ruft er einen Kollegen oder seine Frau an oder steigt aus und fragt einen Passanten.

Kriminalität

Es war ja schon eigene Doofheit von mir, die Geldbörse mit genug Inhalt für eine ausgedehnte Shoppingtour in der Innenstadt hinten in den Rucksack zu stecken.

Ich hatte überhaupt keinen Gedanken daran verschwendet, dass das Geld hinterher weg sein könnte...

So wurde ich heute Morgen denn auch um 1500 RMB (150 Euro) erleichtert.

Gut, dass die Firma, für die Michel arbeitet, eine Zentrale in Nanjing Innenstadt hat, dort konnte ich mit meinem Problem vorsprechen und man gab mir das Geld, damit ich mit dem Taxi heimfahren konnte.

Zum Glück waren keine Kreditkarten dabei.

Ich hoffe, der Dieb hat eine Familie zu ernähren und die Operation seiner Tochter zu bezahlen und zündet wenigstens für mich eine Kerze an.

Mit dem Gedanken kann ich mir zumindest ein kleines bisschen Würde bewahren, wenn ich schon diese unglaubliche Naivität zugeben muss...

Haushaltshilfen

Die Nachricht, ich bekäme eine Putzfrau, hat mich in einen wahren Freudentaumel fallen lassen!

Heute früh kamen die vier Damen dann auch zum Vorstellen und Vorputzen.

Man bestand darauf, ich solle jeder eine Ecke zum Putzen geben und mir dann vorführen lassen, wie sie arbeitet.

Ich war entsetzt, denn das Ganze hatte etwas von Sklavenmarkt. Hat nur noch gefehlt, dass sie mir ihre Zähne zeigten. Darum flehte ich meine Nachbarin an, mir doch einfach eine auszusuchen.

Als das geschehen war und die anderen Bewerberinnen gegangen waren, verhandelten wir über den Preis.

Ich wollte ihr 10 RMB (1 Euro) pro Stunde zahlen.

Als ich das meiner Nachbarin auf Englisch sagte und ihr bedeutete, sie solle es der Dame übersetzen, fuchtelte sie abwehrend mit den Händen: ein Wucherpreis, ich würde die Preise kaputtmachen! Der Höchstpreis für die Stunde liegt bei 7 RMB (70 Cent), damit hat die Putzfrau einen Traumjob. Sie kommt jetzt also dreimal in der Woche für jeweils drei Stunden und bekommt dafür im Monat 300 RMB (30 Euro).

In der Tat ist China kein Land für zartbesaitete Seelen. Als ich mich von meiner künftigen Putzfrau verabschieden wollte, schaute diese mich nur völlig perplex an. Meine Nachbarin erklärte lachend: Man erweist ihnen keine „Ehre".

Mit Bediensteten redet man nur, um Anweisungen zu geben oder zu schelten. Ansonsten sollte man sie übersehen.

Innerlich wand ich mich und alles widerstrebte dem. Aber gegen eine solch eingefahrene Meinung einer chinesischen Nachbarin habe ich keine Chance.

Sobald die Putzfrau in meinem Hause tätig ist, werde ich sie *nicht* übersehen und „Guten Tag!" sowie „Auf Wiedersehen!" sagen, selbst wenn sie darauf nicht reagiert! (Die französische Revolution hat schließlich auch mal klein angefangen…)

Mücken, Schnaken und ähnliches Getier...

Stechmücken gibt es in jedem Land und ihre Artenvielfalt ist berühmt und berüchtigt.

Dass sie hier im subtropischen Klima extrem groß werden (bis zu 15 mm!) und durch die Menschenmassen extrem stechfreudig macht sie nicht gerade sympathisch!

Den heutigen Abend haben wir damit verbracht, mehrere hundert dieser possierlichen Blutsauger zu jagen.

Ich war nur wenige Minuten zum Einkaufen und Rike hatte die Tür zum Wintergarten offen und im Haus brannte das Licht...

Das Gefühl, die Fliegenklatsche in der Hand zu halten und zu sehen, dass sich während des Zuschlagens eine andere auf mein Handgelenk setzt und genussvoll anfängt, meinen Lebenssaft zu saugen, ist einfach nicht zu beschreiben!

Ich beschloss, die Notbremse zu ziehen und die chemische Keule in Form eines Mückensprays zu kaufen und rannte noch mal los.

Leider bin ich nicht allzuweit gekommen, da ich auf den dunklen Wegen auf eine Kröte getreten bin und ausglitt.

Neben den ca. 40 Stichen leide ich jetzt noch unter einem geschwollenen Fuß.

Und der Ekel, auf eine Kröte getreten zu sein, jagt mir noch immer Schauerwellen über die Haut.

Ich werde Michel bitten, mir Autan aus Deutschland mitzubringen.

Bei den Viechern hier kann das Mittel endlich mal zeigen, was es wirklich kann!

Was wirklich Peinliches!

Unsere Nachbarn haben mich gestern gebeten, mit an einem Pflanzenkübel anzufassen, der sehr schwer war und zur Seite gerückt werden musste. Dabei bemerkte ich eine kleine Plastikschale, in der sich zwei Schildkröten befanden.

Sie waren total süß und gar nicht ängstlich, als ich sie auf meine Hand setzte!

Nach getaner Arbeit nahm meine Nachbarin die Schüssel und fragte mich, ob ich nicht Lust hätte, mit ihnen zu Abend zu essen, man würde sich freuen.

Es gehört sich nicht, so etwas abzusagen, aber mir war überhaupt nicht wohl dabei.

Während Schwester und Mutter sich in der Küche um die Vorbereitung des Essens kümmerten, erzählte mir meine Nachbarin von ihrer Tätigkeit als Englischlehrerin an der Uni in Nanjing.

Ich konnte mich kaum auf das konzentrieren, was sie sagte! In Gedanken sah ich die Bilder, wie man die Schildkröten mit einem kleinen Beil bearbeitete und in kleine, mundgerechte Stücke hackte.

Mir wurde übel.

Es hatte keinen Zweck, ich konnte an einem Essen auf gar keinen Fall teilnehmen, wie sollte ich das aber meiner Nachbarin beibringen?

Ich entschied mich zur Wahrheit und meinte, ich wäre es nicht gewohnt, mein Essen vorher zu streicheln oder lebend zu sehen und bäte um Entschuldigung.

Sie sah mich mit dem größten Unverständnis an.

Als ich die Schildkröten erwähnte, nahm sie mich schweigend an der Hand und führte mich zu einem Terrarium im anderen Zimmer.

Die beiden Tiere saßen, friedlich ein Salatblatt kauend, darin und meine Nachbarin klärte mich auf, dass sie die Schildkröten bereits seit Jahren hat. Heute wurde das Terrarium saubergemacht…

Wenn sie es mir übel genommen hat, dann hat sie es mich nicht merken lassen. Es gab übrigens Nudeln mit Tomatensoße (extra für den ausländischen Besuch!) und ich habe mich tierisch geschämt!

Meine Nachbarin bei einem Plausch am Gartenzaun im Winter

Gartenzeit

Wir wohnen nicht nur in einem wunderschönen Haus, wir dürfen auch in einem tollen Garten sitzen.

Dem Jakob haben wir ein kleines Planschbecken auf den Rasen gestellt und der schattige Platz in der Sitzgruppe unter den Bäumen lädt zum Briefeschreiben ein.

Da ich die handgeschriebene Korrespondenz sowieso lange vernachlässigt habe, habe ich munter einen Füller gekauft, ist schöner als mit Kugelschreiber!

Zum Füller gab es ein Tintenfass dazu, denn Tintenpatronen gibt es nicht.

Im Garten sitzend, habe ich dann versucht, mit dem Vakuumventil die Tinte in den Füllkörper meines Schreibgerätes zu pumpen.

Gar nicht so einfach und schon nach kurzer Zeit konnte man meinen Händen und der Tischdecke deutlich ansehen, dass ich darin noch nicht besonders geübt bin.

Ein Pärchen Chinesen mittleren Alters kam am Gartenzaum entlang, sah mich dort sitzen und blieb stehen, um mich zu beobachten.

Bald darauf waren es vier.

Man diskutierte, wie ich den Stift beim Schreiben halte

(und wohl auch, warum meine Finger so schmutzig sind…)

Außerdem begeisterte Jakob die Zaungäste mit seinem Spiel. Er holte mit seiner kleinen Gießkanne Wasser aus dem Pool und goss damit die Blumen und Bäume im Garten.

Die Zahl der Zuschauer erhöhte sich auf 7, bald war es ein fröhliches Geplapper.

Ich dachte an einen Zoo, da ist am Seehundbecken auch immer eine tolle Stimmung.

Nachdem Jakobs Windel mit der Zeit vom Poolwasser durchtränkt und schwer geworden war, zog er sie unter allgemeinen Begeisterungsstürmen aus.

Man unterhielt sich ganz offenbar über seine spätere Zeugungsfähigkeit und den momentanen Zustand seines kleinen männlichen Merkmals.

Da ich befürchten musste, dass das Publikum sich Stühle und Popkorn besorgen würde, nahm ich meinen kleinen Seehund und suchte Schutz im Hausinneren.

Wie lange dauert es wohl, bis ich mich an solche Szenen gewöhnt habe?!

Möbelkauf

Die Zeit nimmt in China einen anderen Raum ein.

Durch das ewige Handeln dauert das Einkaufen wesentlich länger als in Deutschland, und man muss ja nicht nur beim Einkauf selbst um jedes Teil feilschen, sondern auch noch mit den Fahrern, die einen hinterher heimfahren, wenn man kein Taxi bekommt oder zu sperrige Einkäufe hat – wie zum Beispiel Möbel.

Da ich in unserem Haus den unteren kleinen Raum mit dem Erkerfenster als Bibliothek nutzen möchte, wagte ich einen Ausflug in ein Möbelgeschäft.

Dort befinden sich, in mehreren Stockwerken, zahlreiche von kleinen Möbelläden, die ihre Stücke eng aneinander zum Anschauen vorführen.

In jeder dieser kleinen Zellen befinden sich aber mindestens zwei Verkäuferinnen, die beim Handeln um den Preis jedes Mal ihren Chef anrufen müssen.

Auch das kostet Zeit.

Viel Zeit.

Ich hatte beim ersten Mal meine Nachbarin dabei.

Ganz erstaunt bin ich immer wieder, wenn sie eine ganz simple Frage übersetzt, wie: „ Wie viel kostet dieser Schreibtisch?"

Es entwickelt sich ein minutenlanger Dialog zwischen den Beiden, der teilweise mit einem Lächeln, zwischendurch aber auch recht heftig geführt wird.

Nachdem sich beide genügend ausgetauscht (vermutlich Rezepte und den neuesten Klatsch) haben, verkündet meine Nachbarin: „500 RMB. Jetzt müssen wir anfangen zu handeln!" (Dieser minutenlange Dialog entsteht natürlich bei *jeder* Frage, was den zeitlichen Rahmen einer solchen Einkaufstour wirklich gefährdet)

Irgendwann bin ich dazu übergegangen, die Verkäufer den Preis aufschreiben zu lassen, das ging dann etwas schneller. Merke: Frage nie nach dem Preis, wenn dich die Ware nicht wirklich ernsthaft interessiert.

Es sei denn, du hast nichts anderes zu tun und stirbst ansonsten vor Langeweile.

Ich habe an einem ganzen Nachmittag immerhin eine einzige Chaiselonge gekauft. (Was meinen Mann sicherlich freut, denn es ist sein Geld, welches ich ausgebe!)

Elektro- Ofen

Ich brauchte einen Ofen. Es gibt hier zwar keine Tiefkühlpizza, aber wenn ich mal was überbacken möchte oder es einen kleinen Kuchen geben soll… Also, auf ins Elektrogeschäft, und ich habe auch einen gefunden.

In Elektrogeschäften gibt es keinen Handel (zum Glück!) Und eigentlich wäre es kein Problem gewesen, wenn ich das Ding einfach hätte kaufen können.

Es kamen zwei Verkäuferinnen, die anfingen, mir mit einem chinesischen Redeschwall diesen Ofen zu erklären.

Die eine in Worten, die andere führte die Anweisungen praktisch, am Gerät vor. (Ich hatte ihn mir aber bereits angeschaut und wollte ihn einfach nur kaufen.)

Sie holten das Zubehör heraus, zeigten mir, wie man es handhabt (Ich wusste auch schon vorher, dass man die Klappe aufmacht, bevor man das Blech aus dem Ofen nimmt)

Sie empfahlen mir dringend, Topflappen zu benutzen, wenn ich das tue (auch diese Erfahrung hatte ich bereits einige Male gemacht).

Außerordentlich wichtig fand sie, mir zu zeigen, dass ich die Plastikfolie entfernen muss, mit der die Bleche eingepackt waren (da bin ich aber froh…)

Aha, und Gummi soll ich also auch nicht in den Ofen stecken (warum, zum Henker, sollte ich denn auch Gummi in meinen Ofen stecken???).

Der Stecker war mit Seidenpapier umwickelt; den bedeutete sie mir abzumachen, bevor ich das Gerät in Betrieb nehme (Ich glaubte langsam, die hält mich für einen Menschen, der noch nie einen Lichtschalter betätigt hat).

Inzwischen standen auch schon mehrere Kunden und weitere Verkäuferinnen um uns herum, um ja auch alles mitzubekommen, wie eine Langnase einen Elektroofen kauft…

Ich sah auf meine Armbanduhr:

Die Einführung in ein technisches Gerät, mit einem Bedienungsanspruch, den selbst mein Kater verstanden hätte, dauerte bereits über zehn Minuten.

Ich sah etwas gelangweilt zu, wie man mir erklärte, dass ich den Stecker in die Steckdose stecken muss und beglückwünschte mich innerlich zu meiner Geduld.

Als sie dann aber anfing, mir die Bedienungsanleitung (auf Chinesisch) vorzulesen, rief ich aus:

„ Mensch Mädel, ich will kein Diplom machen, sondern nur diesen blöden Kasten kaufen – also her damit!" (Ich weiß selber, dass das nicht freundlich war, aber sie hat's ja nicht verstanden…)

Ich zog einen Geldschein aus der Tasche und wedelte damit unter ihrer Nase herum. Die Umstehenden nickten begeistert und einer klopfte mir freundschaftlich auf die Schulter.

Die erklärungswütige Verkäuferin strahlte mich an und nahm den 20 -RMB –Schein, mit dem ich gewedelt hatte - und steckte ihn ein! Nicht ohne sich dafür sehr zu bedanken. Und ging davon.

So hatte ich also meine Nachhilfelehrerin in Sachen „Haushaltsgeräte" bezahlt.

Bevor noch Weiteres passieren konnte, nahm ich meinen Ofen und machte mich, mit Hilfe des gesamten Personals, auf die Suche nach einer Kasse, um dann völlig erschöpft hinaus zum Taxi zu wanken.

Einkaufen bis zum physischen Zusammenbruch beschreibe ich inzwischen als „ Hardcore- Shopping".

Das „andere" Taxi

Vor den meisten Supermärkten stehen Minivans. Da die Taxen eher in Downtown (Innenstadt) fahren und nicht irgendwo warten, befördern Privatpersonen die Kunden mit ihren Einkäufen nach Hause.

Den Preis muss man vor Beginn der Fahrt aushandeln. Wichtig ist darum immer, dass man sich merkt, wie viel man im Taxi auf der Hinfahrt bezahlt hat, denn mehr muss man in den Minivans auch nicht zahlen.

Viele von diesen Fahrzeugen sind in einem Zustand, dass selbst der Schrottplatz sie nur noch mitleidig belächeln würde und der TÜV erstaunt wäre, dass die Dinger überhaupt fahren!

Nach meinem letzten Besuch bei OBI (der jetzt B&Q heißt) brauchte ich einen solchen Minivan, weil der Einkauf der Rattanmöbel für den Wintergarten zu groß für ein Taxi war.

Es stand nur ein einziger Van vor dem Tor. Im Innenraum befand sich eine junge Mutter, die mit ihrer kleinen Tochter (ca. 3 Jahre) ein Mittagsschläfchen hielt.

Ich weckte die Frau und zeigte ihr den Zettel mit meiner Adresse. Sie redete wild auf mich ein und schaltete einen Wachmann vom Tor ein.

Der sagte ein paar Sätze zu ihr und machte eindeutige Handbewegungen, sie solle mal schleunigst losfahren, sonst wäre ihre Kundin weg!

Also die Einkäufe hineingeworfen und los ging's.

Eine solche Klapperkiste habe ich selbst in China noch nicht erlebt!

Die Beifahrertür war mit einem Paketband am Sitz festgebunden, die hintere Bank rutschte in jeder Kurve dumpf an die Außenwand, weil die Bank gar keine Befestigung am Boden mehr hatte, sondern nur lose im Raum stand.

Der Kleinen, die darauf schlief, machte das offenbar nichts aus.

Irgendwas musste mit der Kupplung nicht in Ordnung sein, denn es ruckelte und puffte beim Anfahren, als hätte sie Känguru-Sprit getankt!

Wir fuhren (auch auf der Autobahn) nicht schneller als 40 Kmh, was die übrigen Verkehrsteilnehmer zum Dauerhupen animierte.

Hinter uns entstand langsam ein Stau, denn meine Fahrerin fuhr auf der Mittleren von drei Spuren. Warum sie während der Fahrt ständig schalten musste, war mir ein Rätsel, vor allem, weil sie ständig in den ersten oder zweiten Gang kam.

Auch ging sie mit dem Schalthebel um, als sei es ein Kochlöffel. Ab und zu stieß sie dann ein erfreutes Glucksen aus, als sei sie froh, überhaupt einen Gang gefunden zu haben!

Langsam bekam ich Sorge, ob ich diese Fahrt überleben würde.

Der Weg, der sonst ca. zehn Minuten dauert, endete nach einer Dreiviertelstunde. Die Wächter am Tor unseres Compounts brachten vor Lachen über diese Blechschleuder kaum die Hand zum Gruß an die Mütze.

Ich reckte hoheitsvoll das Kinn und hoffte, so schnell wie möglich die Haustür hinter mir zumachen zu können. Meine Nachbarin stand gerade am Gartenzaun (irgendwie war mir, als hätte sie schon gewartet. Hatte vielleicht der Wachmann vom Tor…?)

Jedenfalls konnte meine Fahrerin nicht wechseln und ich wollte ihr schon statt der ausgemachten 30 RMB den 50-RMB-Schein überlassen, als sich meine Nachbarin einschaltete.

Sie wechselte nicht nur das Geld, sondern unterhielt sich auch kurz mit der völlig aufgeregten Fahrerin. Sie berichtete mir, dass meine Fahrerin auf ihren Mann gewartet hat, der beim OBI einkaufen war.

Sie konnten das Geld sehr gut gebrauchen und darum hat sie nicht auf ihn gewartet, sondern es selbst probiert. Es war nämlich ihre erste Fahrt mit einem Auto – die Frau hatte gar keinen Führerschein! (Ich kann nur hoffen, dass sie das verdiente Geld in Fahrstunden investiert)

Manchmal muss es Kaviar sein…

Wer, wie ich, einmal in einem Anfall geistiger Umnachtung die „Gala" abonniert hat, weiß selbstverständlich, wer Paris Hilton ist. Gestern Abend waren wir im Hause ihres Vaters, der in Nanjing ein Hotel besitzt, zu Gast.

Durch eine Bekannte, deren Mann Chef bei Bosch hier in China ist, bekamen wir Karten für eine Abendgesellschaft, die sie nicht wahrnehmen konnte, und diese Karten wurden von ihr auf unseren Namen umgebucht.

Eine ausgesuchte Gruppe (ca. 40 Personen) Ausländer wurde im Hilton zu einem Sektempfang mit anschließendem Diner gebeten, danach gab es Auszüge aus einigen Peking-Opern. Da wir gerade Besuch hatten, schleppten wir die beiden Herren kurzerhand mit.

So wurde ich von drei (!) gutaussehenden Herren begleitet, die mich denn auch (zu meiner reinen Freude) absolut hofiert haben, was mir einige echt neidische Blicke der übrigen Damen einbrachte…

Es tut der weiblichen Seele sehr gut, wenn die Herren nicht nach allen Seiten die anderen Damen anschauen, sondern beim Sektempfang der Dame an ihrer Seite ihre Aufmerksamkeit zukommen lassen.

Mir den Wein zu bringen (übrigens – komischer Sektempfang ohne Sekt, sondern mit Rotwein…), mir Geschichten erzählen, die mich zum Lachen bringen.

Mir den Stuhl zurechtrücken und nicht anfangen zu essen, bevor sie nicht das Glas zu mir erhoben haben.

In ihrem Verhalten lag aber keine „Kriecherei", sondern eher eine respektvolle Huldigung an die Eleganz und den Stil der Umgebung und des Anlasses.

Ich habe mich selten so wohl und gut gefühlt, wie in Gesellschaft dieser Gentlemen!

Männer, ich sage euch, es kommt nicht darauf an, wohin ihr mit der Dame eures Herzens geht, es ist auch unwichtig, wie teuer eure Garderobe ist, wenn ihr nur zeigt, dass ihr euch für die Frau Mühe gemacht habt und alles daran setzt, damit sie sich gut fühlt. Es gibt wirklich nur wenige Frauen, die da nicht dahin schmelzen würden!

Weil ich nicht zu den Leuten gehöre, die in Jeans in die Oper gehen, war ich tagsüber noch einkaufen und trug nun schwarze Samthosen, mit einem dunkelgrünen Gehrock mit Jacquardmuster und Samtkragen. (Im Ernst: ich sah ziemlich edel aus!)

Da wir letzte Woche Hochzeitstag hatten, legte ich die schlichten Perlen an und ging, nein; **schwebte** zwischen meinen Begleitern (die übrigens auch Anzug trugen, während die meisten anderen Gäste eher leger erschienen waren) die große geschwungene Treppe zum Ballsaal empor.

(Dies für die Leute, die Gala lesen, für sie ist die detaillierte Beschreibung meiner Garderobe unerlässlich!)

Der „Sascha-Hehn-Typ" vom Hotel, der das Ganze leitete, war wohl etwas irritiert, weil er meinte, er müsse uns vielleicht kennen. Darum war er auch ganz besonders aufmerksam und führte uns persönlich zu unseren Plätzen.

Direkt vor die Bühne! Wahrscheinlich dachte er sich: " Bevor das doch VIPs sind und ich sie nicht erkannt habe, werde ich diese Leute hier einfach mal vorsichtshalber wie VIPs behandeln!"

Unser Tisch bekam beim Diner zuerst das Essen, jedes Mal führte er die Kellner persönlich an unseren Tisch.

Während sich der Rest des Saales die Kellner teilten, hatten wir eine Bedienung, die die ganze Zeit nur für uns da war.

Tja, der Gute hatte uns ganz offensichtlich mit einem Irgendjemand verwechselt – und wir haben es genossen.

Es muss doch auch mal einen Vorteil geben, wenn man schon ein „Allerweltsgesicht" hat, wie wir!

Zwischendurch kamen dann sogar Fotografen, die sich direkt vor unseren Tisch hinhockten, um uns abzulichten. Michel hat sich vor Lachen schier nicht mehr eingekriegt.

Ich fragte ihn, ob ihm das peinlich ist, jedoch war er der Ansicht, dass er die Verwechselung ja nicht in die Welt gesetzt hat und es einfach genieße, denn er wollte ja schon immer mal Popstar sein!

Es war ein richtiger Glamour-Abend, ein besonderes Erlebnis, weil wir so etwas ja nicht erwartet haben.

Ich kann aber auch sagen, dass ich das nicht oft haben möchte.

Das ewige Geradesitzen, Schultern zurück, kleine Häppchen nehmen und aufpassen, dass die Serviette nicht unter den Tisch fällt, darauf achten, dass kein Lippenstift am Glas bleibt, man nicht die Soße auf dem Tischtuch verteilt, und am allerschwierigsten:

nicht umgucken, wer uns alles so dämlich anguckt, um zu sehen, wer wir wohl sind!

So ein ganzer Zirkus ist mir auf die Dauer dann doch zu anstrengend!!!

Da bleib ich lieber Fußvolk und mogele mich mit einem verschmitzten Augenzwinkern durch die High Society, um dann wieder unerkannt nach Haus zu gehen.

Wie man Essen bestellt

Am Wochenende hatten wir Besuch aus Deutschland. Gemeinsam mit unserem Freund und Trauzeugen machten wir unseren ersten Familienausflug in die nähere Umgebung.

Wir besuchten den Purple Mountain, auf dem sich das Mausoleum eines hochgeschätzten Politikers (Dr. Sun Ya Zhen) befindet. Dieser hatte am Beginn des letzten Jahrhunderts China als Republik ausgerufen.

Außerdem war er maßgeblich an der Annäherung der Beziehungen zu Taiwan und Korea beteiligt und wird vom Volk sehr verehrt.

Er selbst führte ein eher spartanisches Leben und liebte Protz und Prunk nicht besonders, darum hätte ihm wohl seine eigene Grabanlage nicht wirklich gefallen.

Unter Torbögen und Statuen führen 392 Marmorstufen zu dem eigentlichen Grabmal mit dem Marmorsarg empor.

Die Anlage ist wunderschön im Wald gelegen und bietet einen herrlichen Blick über die Umgebung und ist echt lohnenswert.

Nachdem wir in fast 40 Grad Hitze die Besichtigung beendet hatten, fuhren wir mit einem Bimmelbähnchen zum Essen in ein chinesisches Restaurant.

Erst dachten wir, da wird grad renoviert, denn über den Tischen lag das, was wir als Abdeckfolie von Malern identifizieren würden.

Ist aber wohl nur dazu gedacht, die Tischdecke vor Flecken zu schützen.

Jakob hat sie bereits vor dem Essen mit Hingabe zerfleddert.

Die Speisekarte war nur auf Chinesisch. Was nun?

Nach einigen ratlosen Blicken zückte Michel sein Handy und versuchte damit ins Internet zu gehen, um dort wiederum eine Übersetzungsseite zu finden. (Im Handy, man muss sich mal vorstellen, dass so was möglich ist!!)

Mir allerdings dauerte das zu lange, denn ich hatte Hunger und die Bedienung stand mit ihrem Schreibblock und dem Stift im Anschlag da und wartete auf unsere Bestellung.

Ich stand auf, legte die Arme wie Flügel auf den Rücken und fing an zu gackern.

Im Raum wurde es still.

Frederike wurde rot, weil es ihr so peinlich war.

Darius und Michel starrten mich an. Ich deutete auf den Tisch, den imaginären Teller und fing an, pantomimisch zu essen und gackerte wieder.

Michel suchte nach möglichst gutem Handyempfang.

„Ahhhh!" machte die Bedienung freudig." Tschjing!" ich nickte, obwohl ich keine Ahnung habe, was Huhn auf chinesisch bedeutet.

Leider war das Tschjing aber aus. Beim zweiten Versuch machte ich mit Schnarchgeräuschen ein Schwein nach.

Weil ich mich nicht auf dem schmutzigen Fußboden wälzen wollte, nahm ich ihr den Kugelschreiber ab und malte ein Schwein auf meine Handfläche.

Sie verstand.

Dann tat ich noch so, als hätte ich gerade etwas furchtbar Scharfes gegessen und zeigte ihr deutlich, dass ich das nicht haben möchte.

Die Bedienung war hocherfreut, denn eine Bestellung stand auf ihrem Zettel! (Jakob wollte immerzu das „Schwein" noch mal hören…)

Michel suchte nach einem Internetzugang.

Darius spielte Roulette und tippte mit dem Finger auf irgendetwas auf der Karte. Ich stellte mir vor, wie er nun eine große Portion Reis bekommt…

Michel suchte nach einer Übersetzungsseite.

Frederike wollte keine Schnarchgeräusche machen und sah sich im Raum um.

Da uns sowieso schon alle anschauten, meinte sie, jetzt wäre es auch egal.

Sie stand auf, nickte den anderen Gästen freundlich zu, suchte sich bei denen auf dem Tisch etwas aus, das ihr gefiel und zeigte darauf. Die Bedienung schrieb es auf und nickte freudig.

Michel versuchte nun, die Speisen auf dem Display zu übersetzen.

Für die Getränke gingen wir einfach an die kleine Theke und zeigten mit den Fingern auf den Durstlöscher unserer Wahl und kamen mit den Erfrischungen zurück.

Michel tippte immer noch auf seinem Handy herum.

Wir sahen ihn mehr oder weniger mitleidig an und machten ihn darauf aufmerksam, dass wir Hunger hätten.

Just in diesem Moment hatte er Erfolg in seiner Suche und bestellte nun ein Reisgericht.

Alle waren zufrieden, es war ein tolles Essen und hat allen geschmeckt.

Völkerverständigung funktioniert also auf vielen verschiedenen Ebenen!

Busfahren

Es gibt direkt vor unserem Compount an der Ecke eine Bushaltestelle.

Und die Busse haben auch ihre Nummern im Fenster stehen.

Wer einen guten Stadtplan hat, kann anhand der Nummern erkennen, welchen Weg der Bus nimmt und wo die Endstation ist.

Wer keinen guten Stadtplan hat, sollte einen Übersetzer dabei haben.

Denn die Fahrtziele sind nur durch chinesische Schriftzeichen angezeigt.

Es gibt zwei Arten von Bussen, die älteren, meist mit weiblichen Fahrern besetzt und immer ziemlich voll.

Da kostet eine Fahrt in die Stadt einen Yuan (zehn Cent). Die anderen Busse sind etwas neuer, haben meist einen männlichen Fahrer, Klimaanlage und kosten für die gleiche Strecke 2 Yuan.

Man weiß aber nicht, welcher der beiden Bustypen nun als nächster kommt, darum muss man immer mit zwei Yuan an der Haltestelle stehen.

Und auf jeden Fall muss man Kleingeld dabei haben, mit Scheinen kann man im Bus nämlich nicht bezahlen.

Ganz wichtig: Man macht Platz! Wer einen Sitzplatz hat, überlässt ihn einem Älteren oder einer Mutter mit Kind oder einer Schwangeren. Wer nicht von selbst darauf kommt, sich zu erheben, wird streng von den anderen Fahrgästen darauf hingewiesen! Das hat zur Folge , dass die Jugend im Bus eigentlich permanent stehen muss.

Kartoffeldruck

Seit letztem Mittwoch kommt nun täglich ein Kindermädchen. Eigentlich eher eine Kinderfrau, denn in China sind Frauen um die 40 geeigneter, da sie bereits Erfahrungen mit Kindern haben und verantwortungsbewusster sind.

Am ersten Tag zeigte ich ihr, wie man in halbierte Kartoffeln tolle Stempel schnitzen kann.

Die werden mit Wasserfarben angemalt und dann können die kleinen Kinderhände sie auf das Malpapier drucken.

Jakob liebt das Gemansche mit der Farbe und den Kartoffeln.

Er druckte mit ihrer Hilfe gewissenhaft und hochkonzentriert ein ganzes Blatt voller Sterne, Blumen, Kreise und Dreiecke.

Danach gab es eine Grundreinigung und Jakob ging mit seiner Kinderfrau auf den Spielplatz.

Da sie ihm auch das Mittagessen bereiten soll, war ich hocherfreut, mich dann zurückziehen zu können.

Als ich sie unten rumoren hörte und sowieso Durst hatte, ging ich in die Küche und konnte gerade noch verhindern, dass die Kartoffelstempel ins Kochwasser gegeben wurden!

Nahrungsmittel sind hier teuer, und es wird eben nichts weggeschmissen.

Ich konnte sie nur mit Mühe davon überzeugen, dass blaue, grüne und rote Kartoffeln, die nach Tusche schmecken, in Deutschland nicht sonderlich beliebt sind…

Jakob mit seiner Nanny

Falsch gemalt

Heute Morgen habe ich die Nanny mit dem Jakob zum Supermarkt an der Ecke geschickt. Sie sollten Brot und Bananen kaufen. Ich wollte es mal ganz toll machen und suchte im Internet nach einem Wörterbuch „ Deutsch-Chinesisch" und schrieb dort die „Charakter", also die chinesischen Schriftzeichen heraus.

Meine Kinderfrau schaute den Zettel an, nickte freudig (Juchhu, sie konnte es lesen!) und zog mit dem Kleinen los. Gut gelaunt bereitete ich das Mittagessen vor. Als sie jedoch wiederkamen, brachte sie zwar die Bananen mit, jedoch zwei Essschälchen statt des Brotes. Die Zeichen sind sich offensichtlich sehr ähnlich und wahrscheinlich habe ich nicht ganz genau gemalt, und nun ergab es einen anderen Sinn.

Im Grunde kann ich froh sein, dass ich nicht versehentlich „ geröstete Hühnerfüße" geschrieben habe, denn mit den Schälchen kann ich wenigstens was anfangen.

Nur Brot haben wir immer noch nicht…

Gerüche

Es gibt Orte in Nanjing, die rieche ich ganz besonders gern. Zum Beispiel den kleinen Fußgängerweg von unserem Haus bis zum Spielplatz.

Die Weiden hängen in den Weg hinein, und die verschiedensten Büsche protzen mit ihrem Blütenstand.

Der Gang zum Suguo wird also jedes Mal ein Geruchserlebnis. Gut, ab und zu wird dieses getrübt, weil irgendein Hund auf den Weg gemacht hat…

Manche Straßen in Downtown sind bevölkert mit kleinen Restaurants oder Bars oder Straßenständen, an denen man Essen kaufen kann.

Meist gehe ich da auch sehr gern schnuppernd durch die Gegend, nur um die Händler mit dem Stinky-Tofu mache ich einen großen Bogen.

Der sieht nämlich nicht nur aus, als hätte er ein halbes Jahr in der Sonne gelegen, er riecht auch so!

Ich kann gar nicht begreifen, wie die Leute so was essen können!

Als ich das erste Mal an einem solchen Stand vorbeiging, dachte ich, da hätte Jemand ein Langzeitprojekt vorgestellt und daraus irgendwelche Pilze gezüchtet, die bestimmt von Lepra bis Aids alles heilen…

Es gibt auch Ecken, da kann ich überhaupt nicht ohne Nasenklammer entlanggehen. An Fleisch- und Fischhallen beispielsweise bleibt mir schier die Luft weg von dem Gestank.

Es gibt keinerlei Kühlung, wenn die Waren den Massen an Kunden angeboten werden.

Das Fleisch liegt einfach auf langen Holztischen, die so blutdurchtränkt sind, dass jeder Vampir sich sofort grunzend vor Glück darauf wälzen würde.

Die Fliegen finden das auch sehr lecker und schwelgen im Nahrungsrausch.

Verkäufer, meist männlich, sitzen mit der Zigarette direkt hinter diesem Tisch, ab und zu hockt auch mal jemand direkt darauf (kein Witz!).

Dass die Asche dabei auch mal auf das Steak oder Filet fällt, stört offensichtlich niemanden.

Ab und zu, das ist absolut typisch für China, rotzt einer auf den Boden. Wenn ich Besuch aus Deutschland habe, dann gehe ich auf jeden Fall mit ihnen dorthin, denn sonst glaubt mir das Keiner... Und ich will ja schließlich, dass meine Freunde etwas erleben!

Man darf nur das Gehirn nicht einschalten und sich Gedanken machen, wohin dieses Fleisch wohl verkauft wird, denn das könnte den Genuss beim nächsten Restaurant-Besuch doch sehr schmälern...

Merke: Egal, wie fein und nobel das Restaurant ist, in dem du in China isst: Schaue **niemals** in die Küche!!!

Freibad

Nur fünf Minuten zu Fuß entfernt von unserem Haus gibt es ein Freibad. Und weil ich immerhin noch 10 Kilo Gewicht abnehmen möchte, nahm ich gestern die Gelegenheit bei der Hand, äh, ich meine die Kinderfrau, und zu Dritt gingen wir ins Freibad.

Sie wollte gar nicht mit hinein, und es dauerte eine Weile, bis ich ihr klar gemacht hatte, dass sie gar nicht ins Wasser musste, sondern auf den Jakob achten sollte, der im flachen Wasser planschte. Wie die meisten Chinesen in ihrem Alter, kann auch Jakobs Nanny nicht schwimmen.

Ich allerdings wollte eine volle Stunde schwimmen, so hatte ich vor ein paar Jahren auch gutes Gewicht verloren.

Ich kaufte mir eine Schwimmbrille und stellte mir vor, wie ich sportlich durch das Wasser gleite und mit jeder Bahn schneller, eleganter – und vor allem schlanker – werde.

Nach etwa zwei Minuten im undurchsichtigen Wasser holte mich die Wirklichkeit brutal wieder ein: Ich hatte nämlich überhaupt keine Kondition mehr und mein Kraulstil erinnerte wohl eher an ein Walross mit Rückenproblemen.

Aber eine einzige Bahn musste doch zu schaffen sein!? Ich trieb meinen Puls mit jedem Schlag an die Leistungsgrenze und spürte bereits jetzt schon den Muskelkater durch die völlige Übersäuerung.

Unter Ausschöpfung aller Reserven erreichte ich, nach Luft schnappend, die rettende Mauer und zog mich mit der Kraft einer Schiffbrüchigen nach ihrer Rettung wieder an Land.

Nicht weit von mir stand eine Gruppe Soldaten, die offenbar alles gesehen hatten.

Sie hatten wohl Schwimmtraining und mussten wegen mir mit dem Start warten. Der unübersehbare Spott in ihren Augen trieb mir die Röte ins Gesicht (oder war es die Anstrengung?),

Ich habe mir streng vorgenommen, nicht nur etwas gegen mein Übergewicht zu tun, sondern auch etwas für meine Kondition…

Heimweh

In einer Rückmeldung aus dem Verteiler wurde ich gefragt, was ich am meisten vermisse. Ich habe lange nachgedacht, denn eigentlich wäre die erwartete Antwort:" Meine Freunde und Familie!"

Aber am allermeisten vermisse ich Freiheit und den blauen Himmel.

Jaja, hier regnet es nicht oft und die Temperaturen sind extrem warm, aber der Himmel ist durch die hohe Luftfeuchtigkeit immer grau, so als ob man unter einer Wolke lebte.

Oft ist es, als würde man atmen, während einem ein Föhn vors Gesicht gehalten wird.

Die Menschen, die mich anstarren, die Wachen am Tor.

Die Abhängigkeit von Leuten, die mir übersetzen und mein Fahrtziel aufschreiben.

Ich kann nicht einmal barfuss im Gras umhergehen, ohne Angst vor Schlangen haben zu müssen. (Das Schlimmste, was mir dabei in Deutschland passieren kann, ist der Stich einer Wespe im Gras)

Mitunter möchte ich einfach einen Tag wegfahren, um Abstand zu haben und irgendwo einen höheren Himmel zu finden, unter dem es sich leichter atmen lässt.

Aber ich kann nicht lesen und schreiben und kenne mich in diesem Land nicht aus.

Ich bin als Kind auf die höchsten Bäume geklettert, habe Streiche gemacht, die mir noch heute die Röte ins Gesicht treiben, hatte immer so viele Ideen, dass mir ein ganzes Leben niemals ausreicht, sie alle auszuleben.

Ich war immer frei in meinem Tun und Denken.

Jetzt werden meine Flügel jeden Tag ein wenig mehr gestutzt und die Grenzen immer enger.

Ich war in der katholischen Kirche in Nanjing.

Auch dort ist es ziemlich eng, da es wohl nicht allzu viele Christen hier gibt.

Das Gesangbuch war auch auf Chinesisch.

Und obwohl die Bilder und der Altar wirklich hübsch sind, fehlte etwas. Ich wartete in der Kirchenbank lange Zeit, aber tief in mir bewegte sich nichts.

Ich sah mich erstaunt um. Es war einfach nur ein Raum. „Er" war einfach nicht dort!

Die Geborgenheit, die mich einst in dem Kirchlein in Staufen umfing, die Herzlichkeit, die ich Nattheim erfuhr; hier spürte ich sie nicht.

Ich fühlte mich plötzlich so allein, dass es wehtat.

Der Drang, mich auf den Steinboden zu werfen, mit den Fäusten zu schlagen und zu schreien, war fast übergroß. Trotzdem blieb ich sitzen und schaute auf einen Altar, der mir nichts geben konnte, versuchte die gähnende Leere zu ignorieren, die sich langsam in meine Seele schlich.

Es war wie eine Kälte, die in mir hinaufkroch und sich ausbreitete. Ich wollte das blöde Gesangbuch ergreifen und auf die Figur am Kreuz werfen, weil ich so unsagbar wütend war – warum, weiß ich selber nicht.

Aber kein Finger bewegte sich. Der Ausdruck „ohnmächtige Wut" trifft es wohl am besten.

Die Erinnerung an eine ähnliche Situation kam hoch.

Auch damals fühlte ich mich von Ihm alleingelassen. Mit einer gewissen Bitterkeit musste ich mir allerdings eingestehen, dass es mein eigener Entschluss war, nach China zu kommen.

Schließlich gab ich mir innerlich einen gehörigen Tritt in den Allerwertesten: Ich hatte damals so lange gebraucht, um „Ihn" wieder zu finden, dass ich ihn nicht wieder aufgeben werde, nur weil er halt grad mal „nicht zu Hause" war!

Ich stand auf und fuhr zurück in die bewachte Villa.

Legte mich ins Bett und ließ mich vom Heimweh in das große, tiefe, schwarze Loch hinunterziehen und fragte mich, welchen Preis ich wohl für meinen Abenteuersinn zu zahlen habe.

Diesen Zustand kostete ich in schwelgendem Selbstmitleid mehrere Stunden aus – bis es mir wieder gut ging und die Heimweh-Welle vorbei war.

Arztbesuch

Vielleicht war es das tägliche Schwimmen im nicht gerade sauberen Wasser, oder waren es die Toiletten, auf die man nur dann geht, wenn es unbedingt sein muss (Stehklos, die nicht nur stinken, sondern auch so riechen, wie sie aussehen...), vielleicht war etwas im Trinkwasser oder im Leitungswasser, mit dem ich meinen Kaffee koche – es wird sich nicht herausfinden lassen.

Jedenfalls habe ich eine heftige Blasenentzündung.

So richtig mit Fieber und Blut im Urin (vom Brennen beim Wasserlassen ganz zu schweigen), so dass ich am Morgen zum SOS-Nanjing-Medical-Center geschlichen bin, um mich vom dortigen (deutschen) Arzt untersuchen und behandeln zu lassen.

Diese Anlaufstelle für Krankheiten aller Art ist wirklich gut ausgerüstet und wahnsinnig schnell.

Ein einziges Formular wurde ausgefüllt, dann ging es auch schon in den Behandlungsraum. Innerhalb von 10 Minuten hatte der Doktor einen Kurz-Check (inklusive Becherpinkeln, Auswerten, Blutabnehmen) in den Unterlagen.

Neben ihm stand eine Sprechstundenhilfe, die seine Beobachtungen und Werte wie eine Stenotypistin sofort notierte.

Er erklärte mir meine Erkrankung mit dem nötigen Quäntchen Mitleid im Blick, (ich bin aber auch wahrlich ein bedauernswerter Tropf!) ermahnte mich zum Trinken und verordnete genügend Schonung, außerdem solle ich die nächsten Tage auf bauchfreie Tops verzichten (als ob ich die mit meinen Speckpölsterchen anziehe!!!), dann suchte er eine Schachtel Tabletten aus seinem Apothekenraum und schrieb darauf, wann ich die einzunehmen hätte.

Dann noch ein Hinweis, dass ich am Freitag noch mal zur Kontrolle ins Becherchen machen müsse – und dann war ich wieder am Empfangstresen.

Die Managerin erklärte mir, ich könne jetzt gehen, solle beim nächsten Besuch meine Karte mitbringen. Dann ginge es noch schneller. (!)

Insgesamt war ich 25 Minuten im Medial-Center (inklusive Anmeldung), dann saß ich wieder im Taxi nach Hause, die Medikamente bereits in der Tasche und war froh, wieder ins Bett schlüpfen zu können.

Von dort rief ich sogleich eine Bekannte hier in der Nähe an, um ihr zu sagen, wie unglaublich schnell und problemlos das ging!

Sie war allerdings nicht überrascht: Das sei normal, meinte sie.

In China gibt es weniger Papierkram, der das Ärzte – und Pflegeteam von der eigentlichen Arbeit abhält; darum gibt es eigentlich nie Wartezeiten.

Sollten mehrere Patienten zur gleichen Zeit im Wartezimmer sitzen, wird kurzerhand ein weiterer Arzt geholt, das dauert dann ca. 10 Minuten, bis er da ist.

Darum stehen im Wartezimmer auch genau 3 Stühle… Trotzdem wird alles sorgfältig dokumentiert, aber durch fehlende Wartezeiten fühlen sich die Patienten wohl besser.

Wenn das unsere deutsche Bürokratie erfährt…

Eine Andere Sache allerdings:

Wer mit dem Arzt noch weitere Dinge besprechen möchte oder einfach mehr Zuwendung und Gespräch erwartet, zahlt extra und zwar direkt beim Verlassen der Praxis.

Diese Kosten werden nämlich nicht von der Krankenversicherung gezahlt.

Fazit aus dem ersten Praxisbesuch: Schnell – aber unpersönlich. Mir war`s genau recht so, aber ich bin sicher, dass es ganz viele Menschen gibt, die lieber länger warten und dafür mehr Zeit mit dem Arzt verbringen möchten, weil sie sich so besser betreut fühlen.

Es hat halt alles seine Vor- und Nachteile.

Alltag

Inzwischen ist so etwas wie Alltag eingekehrt. Frederike war eine Woche auf Klassenfahrt und hat uns danach zwei Tage lang durchgehend davon berichtet, wie sie mit wem auf der Rafting-Tour, Fahrrad-Tour, Wanderung, Markt, Freeclimbing, Kochkurs, im Flugzeug und so weiter eine tolle Zeit verbracht hat.

Sie hat einen ganzen Koffer voller Mitbringsel heimgebracht – unter anderem einen Reishut.

Bin schon sehr gespannt, wann Michel den mal draußen trägt (lach!).

Jakob schläft seit letzter Woche ohne Nuckel ein (großer Junge) und hat gelernt, mit einer Schere zu schneiden.

Auch Michel war eine Woche im Urlaub und hat eine Menge zu erzählen gehabt, was er so in der Wüste Gobi erlebt hatte.

Ich war bereits wieder Möbel kaufen und jetzt besitzen wir einen (absolut wunderschönen) Esstisch, nebst sechs Stühlen und zwei kleinere, chinesische Anrichten.

Hoffentlich gibt es am Ende der Zeit kein Problem, die Sachen mit nach Deutschland zu nehmen. Es könnte zumindest sein, dass wir nicht nur einen, sondern mehrere Container brauchen…

Elektroroller

Weil Frederike das Haushaltsbudget mit ihren Taxifahrten zum Nachbarcompount arg strapaziert, hat sie jetzt den lange versprochenen Elektroroller bekommen. Ein schmucker roter Flitzer, der mit 35 km/h völlig geräuschlos durch die Straßen heizt. Selbstverständlich sind auch Michel und ich bereits damit zum Markt gefahren, denn es ist ein Zweisitzer.

Großartig, wenn einem der Fahrtwind um die Ohren weht und man sich an seinen Liebsten kuscheln kann, der behende durch die Fußgängermassen fährt, die komischerweise meist auf dem Fahrradweg unterwegs sind.

Hat ein bisschen was vom 50er-Jahre-Feeling und ich habe schon überlegt, wie ich an ein weiß-schwarz gepunktetes Kleid mit passender Sonnenbrille und ausladendem Hut herankomme. Und Michel bekommt eine braune „Peter-Kraus-Hose" mit dem dazugehörigen fürchterlichen Hemd…

Wenn wir dann so gekleidet auf dem Roller in den Sonnenuntergang fahren, gibt es vermutlich in ganz China Romantikalarm (und spätestens dann würde Frederike uns verleugnen!)

Nur der Gedanke, das Ding abends zum Aufladen im Wohnzimmer an der Steckdose zu haben, macht mich nicht so richtig glücklich…

Meine Schwiegermutter mit dem Roller

Chinesisches Diner im Wintergarten

In der ersten Oktoberwoche waren die Chinesischen Nationalfeiertage. Jetzt bin ich noch immer taub ob des vielen Feuerwerks!

Weil in Deutschland am 3. Oktober ja auch Nationalfeiertag ist, haben wir ihn hier gefeiert.

Schräg gegenüber ist ein weiteres deutsches Pärchen eingezogen, die wir an diesem Abend zum Diner eingeladen haben.

Es war schon eine Herausforderung, mitten in China ein typisches deutsches Menü mit vier Gängen zu kochen, und es hat irre Spaß gemacht!

Dadurch beflügelt, lud ich eine Woche später vier deutsche Frauen und meine chinesische Nachbarin zu einem chinesischen Essen ein.

Meine Nachbarin kam (vermutlich von grenzenloser Neugier getrieben) bereits am Nachmittag und fragte, ob sie mir helfen könnte.

Zuerst dachte ich: „Tolle Idee!", wurde aber bald skeptisch, als sie nach jedem Handgriff die Küche säubern wollte.

Meine Überzeugungsversuche, dass man ein Messer nicht nach jedem Schnitt abwaschen muss, wenn man dasselbe Fleisch damit weiter schneidet, blieben ebenso ungehört wie meine Bitte, das Gas auf dem Herd aufgedreht zu lassen, wenn ich den Topf runternehme.

Bei immerhin 11 Gerichten treibt mich das ständige „Gas an – Gas aus" nämlich in den Wahnsinn!

Auch bin ich ein Gegner davon, alles in Soja und Salz zu ertränken, bevor es in den Wok geschmissen wird.

Rosmarin und Kerbel sind keine Verzierung für das Dessert, sondern müssen klein geschnitzelt werden und kommen zur Soße – welch eine Überraschung für sie!

Nein, der europäische Gaumen tut sich schwer, die Knochen vom Hünchen mitzuessen – auch wenn das bei den Chinesen üblich ist.

Wir nehmen sogar (völliges Unverständnis ihrerseits…) die Gräten aus dem Lachs!

In meinem Inneren regte sich eine gewisse Ungeduld.

Nach 15 Minuten stand ich vor der Entscheidung, meine Nachbarin mit meinem Messer in mundgerechte Stücke zu zerteilen oder einen anderen Ausweg zu finden, wie ich sie von meinen Töpfen weg bekomme.

Ich ging zum Esstisch, um nach einer Lösung für dieses Problem zu grübeln, schnippelte dort den Salat und konnte Augenblicke später mit einem Hechtsprung zum Herd gerade noch verhindern, dass der vorsichtig sautierte und bereits fertige Lachs im Wok neben dem Hühnchen landete!

Auf meine Frage hin, meinte sie nur, in China wäre es üblich, alles in die gleiche (Soja-) Sauce zu tun und dann ca. zwei Stunden zu kochen. (Ich hatte mir das ein wenig anders vorgestellt)

Welch ein Frevel an all den wunderbaren Gemüse- und Gewürzarten, die es hier gibt!

Mal ganz abgesehen davon, dass nach zwei Stunden kochen keines der Vitamine mehr am Leben ist…

Ich fragte sie, ob sie gerne kocht – meine Nachbarin schüttelte entsetzt den Kopf: Nein, sie könne es überhaupt nicht leiden!

Wunderbar! Da lag die Lösung!

Ich holte ihr einen Stuhl, setzte sie in sicherer Entfernung vom Herd mit einem Löffel und einer Gabel bewaffnet hin: Jetzt hatte sie die Aufgabe, die Speisen zu verkosten.

Was ihr ganz offensichtlich auch besser gefiel.

Sie probierte den Lachs, das Hühnchen in Ingwer und Cashewkernen, das Schweinefleisch in Rosmarin mit Esskastanien, Rind mit Estragon und Erdnüssen, Meeresfrüchte in Soja mit einem Hauch Essig, gebratene Tofustränge mit Honig, Algen mit Chili, Pilze mit Paprikastreifen und Curry, chinesischen Spinat mit süßen Erbsen, Reis mit Olivenöl und weißen Jasminblüten, chinesischen Nudeln in Sesamöl gebraten und als europäische Gerichte den gemischten Salat mit „Claudia-Becker-Dressing" und Lachskaviar auf

Philadelphia- Toast. Die Dumplings und Sesamsüßspeise hatte ich bereits fertig gekauft.

Jetzt hatten wir tatsächlich Spaß, denn meine Nachbarin war völlig überrascht, dass die einzelnen Gerichte ganz unterschiedlich schmeckten und hat soviel probiert, dass sie später beim Diner kaum noch etwas essen konnte!

Wir unterhielten uns nebenbei und es war ein richtig schönes Kocherlebnis.

Als die Gäste kamen, war alles bereit und der Abend war richtig gemütlich, denn wir saßen auf Polstern auf dem Boden im Wintergarten mit vielen Kerzen und gutem Wein zum Essen.

So kamen alle, einschließlich meiner Nachbarin, in den Genuss von echtem chinesischem Essen!

Hm – oder vielleicht doch nicht so „echt"?

Päckchen nach Deutschland

In den letzten Tagen war ich auf der Jagd nach ein paar Dingen, mit denen ich ein Päckchen bestücken wollte, dass nach Deutschland gehen sollte.

Nicht die typischen seidenen Touristenkissen, die so schlecht verarbeitet sind, dass sie die erste Wäsche niemals überleben, sondern alltägliche Dinge.

Zutaten für eine chinesische Suppe, eine Teetasse, Schälchen, Stäbchen... Man sollte meinen, so was ist ja nicht so schwierig!

Das Einkaufen war auch recht fix erledigt. Brief geschrieben und ab zur Post.

Da ich mich bei Freunden bereits nach den Postverhältnissen erkundigt hatte, wusste ich, dass ich das Päckchen offen lassen musste, damit der Postbeamte sehen kann, ob auch nichts Verbotenes darin enthalten war.

Er hat denn auch ganz gewissenhaft alles aufgemacht. In seinem Beisein habe ich dann das Geschirr in Zeitungspapier eingewickelt. Das war ihm aber nicht genug.

Ich musste es nochmals auspacken und der Beamte reichte mir ein paar Schaumstoffreste.

Dann banden wir mit reichlich Tesafilm das nun bruchsichere Stück zusammen. Die Schlange der Wartenden hinter mir wurde länger.

Der Mann redete auf mich ein und ich gab ihm zu verstehen, dass ich ihn nicht verstand – er wurde lauter.

Ich verstand ihn aber trotzdem nicht.

Die Leute hinter mir wurden langsam unruhig.

Einer der jungen Männer erbarmte sich und übersetzte in Englisch (hätte er ja auch eher mal drauf kommen können!) Die einzelnen Artikel mussten aufgelistet werden für den Zoll. Oh Mann, sonst hat es immer gereicht, darauf zu schreiben, dass es sich um „Mitbringsel" handelt: „Gifts."

Der Beamte nahm jede Tüte Tee in Hand und schrieb auf, um was es sich handelte.

Bei der Soße musste er seinen Kollegen zu Rate ziehen, ob das denn überhaupt verschickt werden dürfe.

Die beiden diskutierten eine Weile, was zur Folge hatte, dass die zweite Schlange auch nicht weiterkam.

Nach längerem Hin und Her dürfte ich das Glas dann aber doch verpacken.

Als alle Produkte korrekt aufgelistet waren und die Seriennummern auf dem Papier standen, meinte er, ich müsse nun etwas besorgen, um die (bereits in Zeitungspapier eingewickelten) Sachen noch mal gegen Bruch zu sichern und dafür sorgen, dass in der Schachtel nichts hin und her wandern konnte! (Hinter mir stöhnte jemand laut auf.)

Entschlossen, nicht die Nacht in der Poststelle zu verbringen, weigerte ich mich, zum Zeitungsladen zu gehen, um eine Zeitung zum Verpacken zu kaufen!

Ich griff zu meiner Einkaufstasche und stellte sie auf die Theke.

Dann holte ich daraus das Klopapier hervor, riss genervt die Verpackung auf, wickelte und stopfte das Zeug überall hinein, bis er es zufrieden war.

Der Beamte hatte währenddessen beim Hantieren mit dem Tesafilm meine Tüte umgeworfen und die Einkäufe fielen umher.

Der Übersetzer sammelte die Zitronen ein, bevor die Wartenden damit Fußball spielen konnten.

Der Beamte bückte sich nach den Tampons. Die O.B. `s waren aus der Metro, im normalen Handel gibt es die nicht, also betrachtete er sie ungeniert.

Ich nahm sie ihm mit einem süffisanten Lächeln ab und sagte auf Deutsch: „Gib her, Baby, damit kannst du doch nichts anfangen!"

Das Wort „Baby" hatte er allerdings verstanden und wiederholte es erfreut nickend.

Ich weiß nicht, in welche Verbindung er die O.B.`s jetzt bringt und habe versucht, nicht zu lachen.

Jetzt waren nur noch die krankhaft Neugierigen hinter mir, alle Anderen waren an der anderen Warteschlange schneller bedient.

Ich füllte die Paketkarte aus.

Leider konnte er die lateinischen Buchstaben nicht lesen und konnte auch mit dem Wort „Germany" oder „Europe" nichts anfangen.

Der junge Mann mit den Englischkenntnissen war leider schon gegangen.

Zum Glück hatte ich mein Handy dabei und rief einen chinesischen Arbeitskollegen vom Michel an, damit er dem Postbeamten am Telefon erklären konnte, wohin das Päckchen überhaupt geschickt werden sollte.

Jetzt war es endlich unterwegs nach Deutschland – aber ich vermisste seitdem die Zahnpasta, die ich eingekauft hatte.

Später wurde mir vom erfreuten Empfänger des Päckchens mitgeteilt, dass der Kauwerkzeugreiniger tatsächlich mit nach Deutschland geschickt worden war.

„International Games"

Ganz Nanjing ist im Aufruhr: Alle Straßen wurden auf Vordermann gebracht, die Häuser neu gestrichen, Parkanlagen angelegt, die Stadt zeigt sich von ihrer schönsten Seite. In Nanjing finden nämlich die „National Games" statt.

Eine sportliche Attraktion, an der das ganze Land teilnimmt. Jede Provinz entsendet ihre besten Sportler, um herauszufinden, wen man nun 2008 zur Olympiade ins Rennen schicken will.

Damit die Innenstadt nicht im Chaos versinkt und die Sportler auch pünktlich zu ihren Spielen kommen, ist die Innenstadt weitgehend für Autos gesperrt.

Taxen dürfen nur bedingt fahren: An einem Tag die Fahrzeuge mit den geraden Kennzeichen, am anderen Tag jene mit einer ungeraden Nummer.

Auch Busse haben ihre Endstation jetzt bereits am Hauptbahnhof, aber da dort auch gleich die Metro-Haltestelle ist, kommt man ohne Probleme weiter.

Überhaupt ist die Organisation wirklich verblüffend.

Fernsehübertragungen aller Sportarten finden auf mehreren Kanälen rund um die Uhr statt.

Nanjing hat ca. 12 eigene Fernsehkanäle, die unterschiedliche Genres ausstrahlen: Serien, Nachrichten, Filme, Dokumentationen, Kochsendungen, Unterhaltungsshows, Talk („Fliege" ist überall…), Börsennachrichten, Sport, Wirtschaft und koreanische Sender.

Im Moment ist aber gut die Hälfte der Kanäle nur mit Sport beschäftigt.

Es gibt im südlichen Teil der Stadt eine große Olympiaanlage, hinter der sich München verstecken kann. Außerdem gibt es noch einige andere Stadien und Hallen außerhalb dieses Areals:

Z. B. Eislaufen, Reiten und Hallenspiele wie Volleyball und Basketball.

Dadurch verlaufen sich die Menschenmassen ein wenig und das ist gut so, denn in Nanjing wimmelt es nur so von Trainingsanzügen.

Um nicht allzu sehr aufzufallen, habe ich mir auch einen gekauft.

Gegenüber von unserem Compount ist nicht nur ein Schwimmbad (ich erwähnte in einem Bericht schon, dass ich beinahe täglich schwimmen gehe, um meine Pfunde zu verlieren und Kondition zu bekommen), sondern auch eine dieser Hallen, in denen Volleyball und Basketballspiele stattfinden.

Am Mittwoch ging ich voller Motivation zum Schwimmen. Ich hatte mir vorgenommen, meinen Stil zu verbessern und mich so richtig auszupowern.

In der Halle war allerdings Training, so dass die Hälfte des Beckens gesperrt war. In der restlichen Hälfte war reger Betrieb.

Nun muss man nicht etwa denken, die Chinesen gehen ins Schwimmbad, um zu schwimmen!

Weit gefehlt, die Meisten sitzen am Rand und lassen die Beine ins Wasser baumeln, Andere plantschen ein wenig im seichten Wasser, wieder Andere

(und das war an diesem Tag der Fall) stehen *in der Mitte* des Beckens und plaudern.

Als ich nun versuchte, einige Bahnen zu schwimmen, wurde es der reinste Slalom-Kurs.

Das ist nicht nur sehr anstrengend, sondern auch nervig. Aber niemand machte Platz, nicht mal einen Zentimeter.

Ich ärgerte mich mächtig und kurz kam mir auch der Gedanke, dass die drei jungen Männer da in der Mitte überdurchschnittlich groß sein mussten, denn immerhin ist das Becken an dieser Stelle 1,70 m tief – und die konnten noch stehen!

Irgendwann war ich so zornig, dass ich direkt durch die Gruppe hindurch schwamm – in dem spritzfreudigsten Kraul, zu dem ich überhaupt im Stande war, und es war mir auch völlig egal, ob ich dabei vielleicht jemanden treffen könnte – sollen sie halt zur Seite gehen!

Am Ende der Bahn (ich hatte mich völlig verausgabt…) schaute ich zurück.

Sie waren pudelnass und starrten mich verdutzt an.

Ich stieg aus dem Wasser und winkte ihnen noch einmal (ziemlich affektiert) zu, bevor ich wütend in der Dusche verschwand.

Gestern Abend nun, ging ich mit zwei Freundinnen in die Sporthalle, um „mal zu schauen…".

Wir setzten uns und schauten dem Aufwärmtraining der Basketballer zu. Wir waren, neben den Journalisten und Trainern, die einzigen Zuschauer, denn das vorige Spiel war gerade beendet und die Leute aus der Halle getrieben worden.

Meine Freundin sagte gerade, dass sie ganz erstaunt sei, wo die Chinesen nur so große Männer aufgetrieben hätten.

Ich erwiderte, die wären vermutlich öfter mal auf der Streckbank gewesen, da sah ich sie:

Die drei unverschämten „Steh-Schwimmer" vom Tag zuvor machten sich gerade warm und dribbelten mit ihren Basketbällen unter dem Korb vor uns.

Mein Wunsch, man möge mich nicht erkennen, wurde nicht erfüllt.

Sie winkten mir genauso affektiert zu wie ich ihnen und lachten ausgiebig mit ihren Kameraden darüber.

„Kennst du die?" fragte meine Freundin verwundert.

Ich antwortete mir einer tiefen Röte, die sich über mein Gesicht zog.

Ich war ja so froh, dass die Security-Leute uns dann rauswarfen, weil wir keine Karten hatten…

Als ich nach Hause kam, schaltete ich natürlich sofort den Fernseher ein und sah mir mit Frederike zusammen das Spiel an.

Ich zeigte ihr die drei Jungs und erzählte ihr, woher ich sie kenne. Frederike schlug die Hände vors Gesicht und rief:

„Oh Gott, bist du peinlich! Hilfe, meine Mutter spritzt die Nationalmannschaft nass!"

Chinesisches Essen – auf den zweiten Blick

Je länger ich in Nanjing bin, desto vertrauter wird es.

Und viele Dinge, die ich am Anfang als „ganz anders als in Deutschland" eingestuft habe, kommen mir inzwischen gar nicht mehr so abwegig vor.

Ab und zu beschleicht mich der Gedanke, ob es nur deshalb so fremd und anders ist, weil wir Ausländer es so sehen *wollen*?

Viele Europäer betrachten das chinesische Essen als eklig, aber „Froschschenkel" gibt es in der deutschen Küche genauso wie Schnecken oder Schildkrötensuppe.

Und ebenso gibt es Deutsche, die diese Gerichte gerne essen, wie es viele Chinesen gibt, die solche Speisen nicht mögen.

Glasnudeln in Soja mit Gemüse sieht nicht unbedingt lecker aus, allerdings isst bei „Spaghetti Bolognese" auch nicht das Auge mit.

„Hund" oder „Katze" habe ich noch nirgends auf einer Speisekarte gesehen – aber die Einwohner eines Nachbarortes von Giengen in Deutschland werden „Katzenfresser" genannt, dort leben jedoch keine Chinesen, sondern Deutsche. Tintenfisch, Oktopus, Muscheln und Innereien wie Kutteln, Leber und Niere gibt es auch in Deutschland.

Ihr seht, das Essen hier ist nicht ekliger als bei uns.

Man muss ja nicht alles essen, denn das tun wir daheim auch nicht.

Gut, das Schlürfen, Schmatzen und Rülpsen der Chinesen im Restaurant ist sicherlich für uns gewöhnungsbedürftig – aber ich erinnere mich, dass Luther bei einem Essen, das er gab, mal gesagt haben soll*: „ Warum rülpset und pfurzet Ihr nicht? Hat es Euch nicht geschmecket?"*

Kofferverlust

Am letzten Wochenende traf ich den Michel in einem Restaurant („Swede and Kraut"), denn es gab am Abend dort ein Essen mit Arbeitskollegen, die gerade aus Deutschland geschäftlich in Nanjing waren.

Michel, gleich von der Firma ins Lokal, brachte seinen Koffer mit.

Nach einem gemütlichen Essen fuhren wir mit mehreren Taxen ins nahe gelegene Hotel Jing Ling, denn dort gibt es ein „German Bräuhaus"

(wohin geht man sonst mit deutschem Besuch…).

Aber die philippinische Band ist echt witzig.

Nach einem bierseligen Abend verabschiedeten wir uns und Michel fiel auf, dass er seinen Koffer in dem Taxi hatte liegen lassen, mit dem wir vom Restaurant zum Hotel gefahren waren.

Große Aufregung!

In dem Koffer waren nicht nur wichtige Dokumente für ein Meeting am nächsten Tag, sondern auch Anzüge, Schuhe – und drei wichtige Kreditkarten!!!

Nachts um 2.00 Uhr machten wir dann die Runde per Telefon und Übersetzer vom Hotel, zu den üblichen „Lost and Found" Punkten und Taxizentralen.

Es gibt ca. 50 verschiedene Taxiunternehmen allein in der Innenstadt.

Und im Citybereich fahren mehr als 8000 (!) Fahrzeuge täglich.

Auch die Besonderheit, dass unser Taxi einen Fernseher in der Rückenlehne hatte, half uns nicht weiter.

Wir drängten, trotz den zweifelnden Blicken des Übersetzers, darauf, zu einer Polizeistation zu fahren und den Verlust dort zu melden.

Dort angekommen, machte uns der Pförtner das riesige Tor auf und wir gingen in das stockdunkle Polizeirevier.

Irgendwo brannte eine einzelne Glühbirne, die an einem hin und her schwingenden Kabel über der Treppe hing und bei jeder Bewegung quietschte.

Unsere Schritte hallten laut in dem verlassenen Gebäude und das fahle Mondlicht ließ unsere Schatten durch die Halle huschen.

Alle Türen waren geschlossen.

Kein Mensch rührte sich.

Wir begannen zu rufen und an den verschlossenen Türgriffen zu rütteln. – Nichts.

Es war gruselig. In irgendeinem Zimmer klingelte ein Telefon aber es ging keiner ran. Durch den Hall konnte man auch nicht orten, wo es geklingelt hatte.

Michel schlug mit den Fäusten gegen eine Tür.

Da, plötzlich regte sich was.

Ein Quietschen, ein Ächzen (ich dachte, da wäre jemand verletzt und bekam es mit der Angst…)

Dann ging die Tür auf.

Mit einem überraschten Schrei drehte ich mich um, denn vor uns stand der diensthabende Polizist – in Unterhose!!!

Ich schwöre, dass ich dabei nicht übertreibe und es auch nicht erfunden ist: Der Mann hatte absolut nichts an, außer einem knappen Slip!

Es war unübersehbar, dass wir ihn in seiner Nachtruhe gestört hatten.

Michel schilderte ihm trotzdem das Problem.

Er kratze sich genüsslich am Popo, gähnte laut und meinte auf Englisch, wir sollten doch am nächsten Morgen ab 9.00 Uhr noch mal wiederkommen, jetzt wolle er schlafen.

Wir fuhren nach Hause und ließen die Kreditkarten sperren. Als Michel am nächsten Morgen nochmals vorsprach, hatte der Mann denn auch tatsächlich ausgeschlafen und war frisch gekämmt und in tadelloser Uniform und nahm seinen Bericht auf.

Ist es vielleicht ein gutes Zeichen, wenn das Hauptpolizeirevier in einer Freitagnacht mit nur einem einzigen Polizisten besetzt ist, der auch noch schläft? Und das in einer Stadt mit über 4.5 Millionen Einwohnern?

Den Koffer haben wir allerdings nicht wiederbekommen. Offenbar passten die Anzüge auch einem Chinesen ganz vorzüglich...

Familienzuwachs

Es geschah am Montag den 24. Oktober 2005. Ich war abends um 19.00 Uhr mit Jakob im Sheraton Hotel, um eine Kreditkarte vom Michel abzuholen.

Das Thema Kreditkarten ist momentan etwas schwierig, denn seine Karten waren ja in dem Koffer, der in dem Taxi verloren gegangen ist, ihr erinnert euch…

Das Sheraton Hotel ist ein riesiger Kasten mitten in der City. Nach dem Erledigen der Aufgabe standen Jakob und ich vor dem Eingang, und warteten auf ein Taxi.

Es war ein lauer Abend und ziemlich viel Verkehr auf den Straßen. Vor dem Hotel ist eine Auffahrt, dann kommt eine Reihe hoher Büsche, danach die Straße.

Während wir also da so herumstanden, nahm ich plötzlich etwas Kleines wahr, das nicht weit von mir über die Auffahrt flitzte.

Leider kam genau in diesem Augenblick ein Auto und nahm das Ding direkt aufs Korn. Ich sah eine schwarz-weiße Fellkugel durch die Luft fliegen und dann lag es auf der Auffahrt. Das Auto fuhr weiter (typisch für China).

 Das Tier schrie entsetzlich.

Ich lief hin, neben mir kam bereits der Portier des Hotels in seiner schicken Uniform.

Ich dachte, er wolle dem Tier helfen, aber er hob es nur am Genick hoch, holte aus und warf es in den großen Busch, der die Auffahrt von der Straße trennt.

Ich war so schockiert, dass ich nicht einmal geschrieen habe. In dem Busch war es still.

Ich nahm Jakob auf den Arm, kletterte in das Geäst und holte den Hund heraus.

Dann ließ ich mir an der Rezeption ein Handtuch geben (man stellte sich sogar richtig an, ich hatte aber keine Lust zu diskutieren und habe einfach auf englisch laut gebrüllt, man solle mir sofort ein Handtuch geben, sonst wäre hier der Teufel los!!! Dann ging es auf einmal ganz schnell!), dann nahm ich das nächste Taxi und wir fuhren nach Hause.

Der Tierarzt war erst am nächsten Morgen wieder zu erreichen und so bangten wir in der Nacht, ob unser kleiner Roadrunner überleben würde.

Er ist noch ein ganz kleiner Welpe, Cockerspaniel und ca. 10 Wochen alt.

In der ersten Nacht winselte er viel. In der Tierklinik gab es dann das volle „Rettungsprogramm". Röntgen, Ultraschall, Blutabnahme.

Die Ärztin konnte englisch sprechen, das war Klasse. Er hatte offensichtlich am Morgen eine große Schüssel Glück gefressen, denn er kam mit einem dicken Schock - aber ohne innere Verletzungen oder Knochenbrüche davon.

Wir haben gleich eine „Missingcard" ausgefüllt. Die wird an alle Tierärzte, Tierstationen und auch die Polizei weitergeleitet, damit der Besitzer des Tieres unsere Adresse und Telefonnummer bekommt. Bis jetzt hat sich allerdings noch niemand gemeldet.

Wir haben ihn „Pepe aus Pampelmusien" genannt und er ist jeden Tag lebendiger.

Wir waren jeden Tag beim Tierarzt, haben ihn gründlich untersuchen lassen, inwieweit er bereits Impfungen hatte, ob er Parasiten hat, Schnupfen oder sonstige Krankheiten, die gegen ein Familienleben mit Hund sprächen.

Am letzten Wochenende gab es dann einen großen Familienrat. Ein Hund war nämlich nun mal überhaupt nicht geplant! Und bevor man sich mit dem Gedanken anfreundet, ihn aufzunehmen, sollte man sich im Klaren sein, was das an Zeit und Organisation bedeutet. Und zwar ca. 15 Jahre!

So richtig sind wir aber noch nicht zu einer Entscheidung gekommen, da ich mir noch nicht ganz sicher bin.

Darum möchte ich gerne in den nächsten Wochen nach einer Möglichkeit Ausschau halten, ob es nicht jemanden gibt, der gerne einen Hund haben möchte, und wir das Gefühl haben, Pepe wird es dort gut gehen. Finden wir eine solche Möglichkeit nicht, werden wir ihn wohl behalten.

Pepe aus Pampelmusien

Nachtrag:

Nach ungefähr zwei Wochen ging es Pepe immer schlechter. Er winselte viel und bewegte sich immer weniger. Auch seinen Appetit verlor er. In der Tierklinik vermutete man, er habe wohl doch innere Verletzungen gehabt, die man bei den Untersuchungen nicht hatte feststellen können.

Die Chancen für eine Operation waren nicht gut und man riet uns davon ab, da er es nicht überlebt hätte.

Darum verwöhnten wir den kleinen Kerl noch ein paar Tage, bis er zu große Schmerzen hatte und eingeschläfert werden musste.

Jetzt ist Pepe im Hundehimmel und hüpft munter von Wolke zur anderen.

KFC

Ganz in der Nähe hat ein neues Kaufhaus aufgemacht.

Und das Tollste daran (findet Frederike) ist das Fast Food Restaurant „Kentucky Fried Chicken".

Das kann man also jetzt mit dem Elektroroller in wenigen Minuten erreichen und ist eine herrliche Möglichkeit, das Taschengeld auszugeben (findet Frederike).

Außerdem ist das verzehrwütige Publikum in diesem Laden sehr jung, denn das Kaufhaus liegt mitten im Studentenviertel gegenüber der Uni.

Auch das macht einen Ausflug dorthin ausgesprochen attraktiv (findet Frederike).

Ein weiterer Vorteil ist, dass ich nicht jeden Tag kochen muss (findet Frederike).

Jakob mag das Essen dort nämlich auch ganz gern und außerdem spart das Rikes Taschengeld, wenn ich das Mittagessen dort bezahle (auch das findet Frederike äußerst praktisch…).

Ganz großartig ist natürlich, dass meiner Tochter bei einem Besuch im KFC spontan einfällt, dass sie „ganz dringend" noch das eine oder andere Kleidungsstück benötigt. Und wenn man doch schon im Kaufhaus ist… (findet Frederike).

Weil aber Fast Food in großen Mengen auch irgendwann öde wird, dick macht und ungesund für unsere Haushaltskasse ist, wird ein Besuch in diesem Kaufhaus in der nächsten Zeit ein eher seltenes Familienereignis werden, das man sich durch Fleiß in der Schule ruhig verdienen darf (finde ich!) .

Halloween

In der „Nanjing International School" gab es am 27. Oktober einen lange geplanten Halloweenball für die Schüler. Seit Wochen liefen die Vorbereitungen und der Schneider war mit den Gruselkostümen schwer beschäftigt.

Wer Erfahrung mit 15 jährigen Mädchen hat, der weiß, wie ich leiden musste, als Frederike kam und mich fragte: „ Ich weiß nicht, was ich für ein Kostüm anziehen soll, kannst du mir helfen?"

Übrigens kam das vier Tage vor dem großen Tag…

Entscheidungsfreudig, wie 15jährige sind, lehnte sie Kostüme ab, die hässlich machen. (Damit fallen bei Halloween bereits 70 % der Möglichkeiten weg)

Es sollte nicht zu doll auffallen, aber jeder sollte sich hinterher daran erinnern.

(meine Idee von einem zwei Meter großen Schaumstoffkürbis, der über meine Tochter gestülpt wird, löste sich auf…)

Es sollte figurbetont sein (großartig, dachte ich, ich hülle sie in Frischhaltefolie ein und dann geht sie als „Gruselkondom", sie meinte aber, die Kleiderordnung ließe das nicht zu…)

Ausgefallen sollte es auch noch sein, damit nicht gesagt wird, sie würde etwas kopieren. (Da bleibt eigentlich nur das hautenge, orange Kostüm mit dem grünen Hut, dann ist sie eine giftige „Mörder-Möhre". Frederike fand die Idee doof.)

Ich schlug vor, als „Spukschloss" zu gehen: Graues, langes Kleid, auf das wir Backsteine malen, einen Hut mit Zinnen und Dach aus Styropor, Plastikefeu, das wir an den Turm aufnähen und ein paar Fledermäuse könnten von der Hutkrempe herunterbaumeln.

Frederike war total entsetzt: Darin kann man doch nicht tanzen!!!

„Arrgh!", ich war kurz davor, in die Tischplatte zu beißen oder ihr einfach klar zu machen, dass das doch nur eine blöde

Halloween-Schul-Party ist und nicht die Oscar Verleihung in Amerika!

Habe mich dann aber daran erinnert, dass ich selber für eine Dinner – Fete oder eine Abendgesellschaft noch einen ganz anderen Aufwand betreibe…

Außerdem kann ich als Mutter gar nicht beurteilen, wie wichtig ihr diese „blöde" Schul-Party ist.

Nach mehreren Stunden grübeln und Vorschläge machen kam mir dann die Idee für das absolut passende Kostüm in dieser Situation:

Frederike hatte für den Halloween-Schul-Ball ein Kostüm, welches ihr gut stand, ihre Figur betonte, keine Schminke erforderte (nur ein wenig Haarspray), ausgefallen war, nicht schwierig in der Anschaffung und auch nicht teuer.

Es fiel den Leuten auf ohne aufdringlich zu wirken – kurz: es war für Rike perfekt!

Ich steckte sie in eine weiße Leinenhose und Zwangsjacke, band ihr die Arme auf dem Rücken zu – sie ging als „ Irre" – und hatte mächtig Spaß auf dem Ball!

Ich trage hundertfach Leben

Wer kennt es nicht, der Ausruf „Ich krieg die Krätze!!!", wenn etwas überhaupt nicht funktioniert oder man einfach völlig genervt ist. Aber an die tatsächliche Erkrankung der „Krätze" denkt man dabei eigentlich nicht.

Es fing vor ein paar Wochen schon an. Erst dachte ich schon, ich hätte Flöhe!

Und war voller Panik, aber die kleinen roten Stellen verschwanden nach ein paar Stunden wieder.

Ab und zu tauchte es dann noch mal auf, immer wieder auch an anderen Stellen. Sahen aus, wie kleine Pickel und juckten.

Heute Morgen nun, fand ich nach dem Aufstehen meinen ganzen Körper übersät mit kleinen roten Punkten.

Und die haben gejuckt!!! Also bin ich mal flugs ins Hilton Hotel zum Arzt gefahren.

Er hatte drei mögliche Erklärungen: Es könnte sich um eine Allergie auf Hundewürmer oder ähnliches Viehzeug handeln.

Es fing sofort überall an zu jucken…

Oder aber um Parasiten, die ihre Eier in die Poren legen, nach dem Schlüpfen unter der Haut graben und Hunde-Eingeweide suchen, er zeigte mir auch sogleich ein Bild (Mir wurde jetzt wirklich schlecht und ich spürte bereits, wie sich irgendetwas unter meiner Haut fortbewegt…)

Er untersuchte mich gründlich darauf, stellte aber fest, dass ich keine Würmer habe, die mich von innen her zersetzen

(hach, was war ich froh!)

Nachdem er mit der Pinzette einen Pickel ausgedrückt und unter dem Mikroskop angesehen hatte, teilte er mir freudig mit, den Hautbesucher gefunden zu haben:

Ich habe Krätze! Kleine, vielbeinige Milben, die sich in meiner Haut eingenistet haben und meinen, sie hätten dort ja ein wundervolles Leben.

Jetzt sah ich Sternchen und der Arzt legte mich auf seine Liege.

Er meinte, wäre gar nicht so schlimm, hat mir eine Lotion mitgegeben, die ein Gift enthält.

Damit eingeschmiert und 10 Stunden eingewirkt, wären die Milben tot und der ganze Zauber vorbei.

Nur die Wäsche und Bettzeug und so weiter muss ich noch waschen, das wird eine Aktion…

So sitze ich nun glitschend vor dem Schreibtisch und warte auf den Tod von Hunderten ungebetener Gäste.

Na, juckt es euch auch schon?

Der Arzt sagte übrigens, ich wäre der dritte Patient in fünf Jahren und anstecken könnte man sich durch intimen Kontakt zu jemandem, der Krätze hat - oder beim Putzen, was hier in China durchaus möglich wäre (Ich habe ja schon immer eine Abneigung gegen Hausarbeit gehabt!)

Oder halt überall, wo sich die possierlichen Besucher eben aufhalten und einnisten können (Matratzen, Rasen und so weiter…)

Ich wette, dass meine Leser heute ganz besonderen Wert auf Körperpflege legen!?

Krätze in der zweiten Runde

Wer den letzten Bericht aufmerksam gelesen hat, hatte vielleicht auch ein wenig Mitleid mit mir. Leider war das Ganze aber noch lange nicht ausgestanden!

Denn zum einen wirkten die Medikamente nicht und zum größeren Übel hatten Frederike, Jakob und seine Nanny am nächsten Tag auch juckende Pöckchen…

Also sind wir alle Vier in die Klinik.

Ob der Geschwindigkeit, wie sich dieser Ausschlag verbreitete, war man dort nun doch ziemlich beunruhigt. Nachdem uns mehrere Ärzte begutachtet haben, war man sich trotzdem noch nicht sicher und wollte uns zu Hautspezialisten nach Hongkong schicken. „Super!" dachte ich, „hab ja auch sonst nichts zu tun…"

Ein freundliches Schicksal bescherte uns allerdings, dass genau diese Spezialisten an diesem Tag in Nanjing waren und darum wurden wir dort in die Chinesische Klinik gefahren.

Es ist schwer zu sagen, was unangenehmer war: Das Jucken auf der Haut oder vier Chinesen, die uns anstarrten, die Pöckchen befingern und vor denen wir uns komplett ausziehen mussten…

Nach einem sehr anstrengenden Tag war man sich nun sicher, dass wir einen sehr seltenen Erreger beheimatete, der seine Eier in die Hautporen setzt.

Dort schlüpfen die Kleinen und wollen raus, das ist das Jucken.

Indem wir kratzen, verteilen wir die Viecher dann auf der Haut und die können sich nun selbst eine Pore suchen, worin sie wiederum ihre Eier ablegen können. Super, was?

Jetzt sind wir daheim in Quarantäne und bekommen Tabletten, Creme und Lotion mehrmals am Tag, um das Ungeziefer wieder los zu werden.

Man geht übrigens davon aus, dass die Besucher im Haus waren. Vielleicht in Matratzen oder in dem Dreck, der hier war, als wir eingezogen sind.

Denn der Erreger ist auch bei einem Hund äußerst selten.

Pepe ist übrigens in der Tierklinik ebenfalls in Quarantäne. Und zwar für sechs Wochen! Ich hoffe doch, dass das bei uns nicht so lange dauert…

Am Samstag ist die erste Periode Medikamente abgeschlossen.

Dann müssen wir das Haus verlassen und in ein Hotel ziehen, denn dann kommt ein Desinfektor und wird unser Haus desinfizieren. Und zwar bis Dienstag!

Michel durfte während der ganzen Zeit nicht heimkommen, hat aber auch die Medikamente und muss sie vorsichtshalber nehmen.

Jetzt ist er ziemlich einsam, denn die Lotion stinkt erbärmlich und niemand kommt freiwillig in sein Büro!

In der International School ist auch ein wenig Hektik ausgebrochen, denn weil sich der Ausschlag so verdammt schnell ausbreitet, mussten alle Schüler untersucht werden.

Tja, da haben wir mal eben eine ganze Menge Leute beschäftigt!

(Und ihr macht euch Sorgen wegen der „Vogelgrippe"…)

Eine lange Taxifahrt

Taxifahren ist in Nanjing ein sehr ergiebiges Thema. Darum möchte ich Euch nicht vorenthalten, was für ein Vergnügen uns letzte Woche eine Taxifahrt brachte: Michel und ich wollten am Samstag zur Metro, um einen größeren Einkauf zu tätigen.

Dort gibt es nämlich nicht nur frischen Salat, sondern auch Gummibärchen von Haribo und Schlagsahne, sowie Nutella und überhaupt ganz viele lebenswichtige Dinge.

Ich hielt dem Taxifahrer den Zettel mit „ Metro" unter die Nase, er nickte und fuhr los.

Zuerst wunderten wir uns ein wenig, weil er eine ganz andere Strecke fuhr, als sonst, aber es führen ja bekanntlich viele Wege nach Rom.

Normalerweise dauert eine Fahrt zur Metro ungefähr eine halbe Stunde.

Als er dann aber nach 20 Minuten vor dem Carrefour hielt, waren wir schon ein wenig überrascht…

Nach einem Kontrollblick auf meine Karte (immerhin stand es dort auch in Chinesischen Schriftzeichen „ Metro"!), schlug er sich selbst mehrmals an den Kopf, so dass ich schon um seine Gesundheit bangte.

Dann fuhr er weiter. Mitten durch die Innenstadt. Michel und ich unterhielten uns gut in der nächsten Viertelstunde, dann hielt unser Taxi vor dem Ikea…

Michel und ich sahen uns an und konnten kaum das Lachen zurückhalten.

Ich zeigte dem Fahrer wieder meine Karte – er fing wieder an, sich zu schlagen.

Dann setzte sich das Taxi abermals in Bewegung.

Wir fühlten uns schon richtig daheim, auf der weich gepolsterten Rückbank - und malten uns aus, dass, wenn wir jetzt Sex hätten, eine große Chance bestünde, dass das Kind noch während dieser Fahrt geboren werden würde.

Wir würden die Welt sich verändern sehen, während wir im Auto an ihr vorbeifahren, die Falten in unseren Gesichtern würden tiefer werden und mehr und mehr graue Haare unser Alter verraten.

So weit kam es dann aber doch nicht. Nach einer ganzen Stunde Autofahrt zückte er nämlich das Handy und erkundigte sich nach dem Weg zur Metro…

Dort kamen wir nach anderthalb Stunden Stadtrundfahrt denn auch an!

Noch mal Taxifahren

Venedig ist bekannt für seine Kanäle und Gondeln – und die singenden Gondoliere.
. Ganze Opern beschäftigten sich schon mit ihnen.

Nun, ich kann euch versichern, dass diese Italiener vor Neid erblassen würden, führen sie einmal mit einem Taxi in Nanjing, in dem gerade ein Fahrer Lieder aus einer Peking-Oper im Radio mitsingt!

Gestern gerieten wir an einen besonders passionierten Tenor.

Seine Lautstärke war geradezu erschreckend und ich war mir nicht sicher, ob das starke Vibrato in seiner Stimme von den Schlaglöchern in der Straße oder vom Rütteln des Motors herrührte.

Michel war der Überzeugung, es müsse sich um „Echte Gefühle!" handeln.

Mitunter kamen sogar ein paar sehnsüchtige Schluchzer – wie romantisch!

Einzig störend fand ich nur, wie er schließlich (mitten in einer Gesangspause) lautstark den Rotz aus der Nase hochzog, die Tür öffnete und kräftig auf den Asphalt spuckte!

Da sind mir die Italiener dann doch lieber…

Doch noch nach Hongkong

Eigentlich hatten wir ja gedacht, dass das Thema „Krätze" für uns erledigt ist, mit dem Desinfizieren des Hauses. Falsch gedacht!

An jenem Samstag nämlich, als Jakob, Frederike und ich nach Chuzhou fuhren, wo Michel ein Appartement hat, in dem er die Woche über wohnt, erwartete er uns – mit kleinen roten Pöckchen, die juckten...

Ich hab gedacht, ich werd wahnsinnig, entschied mich dann aber doch dagegen.

Wir nahmen einfach weiterhin die Medikamente und die Stinker-Lotion.

Bei Frederike war denn auch am Sonntagmorgen nichts mehr zu sehen. Darum fuhr sie mit dem Zug zurück nach Nanjing, um bei ihrer Freundin Natascha zu übernachten, um am Montag wieder in die Schule gehen zu können.

Am Sonntagabend sah ich nach dem Duschen aus, wie ein Streuselkuchen, so dass wir (Jakob, Michel und ich) am Montagmorgen nach Nanjing in die SOS- Klinik fuhren. (Ich glaube, der Doc hat gedacht, er hätte `ne Erscheinung, als wir schon wieder da waren...)

Jedenfalls war man sich dort nicht ganz sicher und wollte uns nach Hongkong schicken.

Die Flüge und ein Termin wurden organisiert und wir zogen für eine Nacht in ein Hotel, weil wir ja erst am Dienstag in unser Haus konnten (wegen dem Desinfizieren).

Dort machten wir das Beste draus und genossen den Abend im Jingling-Hotel mit gutem Essen und Bier.

Vielleicht lag es ja auch am Bier, jedenfalls sind wir am Dienstagmorgen aufgewacht und hatten keine einzige Pocke mehr...

Und es juckte auch nichts!

Nach einem Anruf bei unserem Doktor wurde der Trip nach Hongkong zu einem Hautspezialisten abgesagt.

Froh, unseren Hochzeitstag zuhause verbringen zu können, fuhren wir zurück ins Haus.

Dort kochte ich freudig unser Hochzeitsessen nach und alles war super, glücklich und toll.

Und dann kam Frederike heim: „Guck mal, Mama, ich bin voller Pusteln!!!"

Tausende und Abertausende! Von Kopf bis Fuß!

Auch bei mir fing es wieder an, stärker als vorher, diesmal machte Michel sogar Bilder davon.

Am Mittwochmorgen begaben wir uns dann mit der Rike zum Arzt.

Jetzt war aber Schluss, entschied man, jetzt geht's nach Hongkong!

Drei Stunden später waren wir
(Frederike, Michel und ich) auf dem Weg zum Flughafen.
(Jakob blieb mit der Kinderfrau daheim)

„Der Boss hat den Schlüssel!"

Auf dem Flughafen in Nanjing ist nicht allzu viel los gewesen. Wir waren gut in der Zeit und standen sogar als erste Passagiere vor der Glastür zur Wartehalle, in dem sich das Gate befand.

Von dort geht ein Gang direkt zum Flieger. Eine gut aussehende Mitarbeiterin der Airline stand auch schon dort, denn in Kürze würde es Zeit, um in das Flugzeug einzusteigen.

Hinter uns stellten sich die anderen Fluggäste in der Reihe an.

Die Glastür zur Wartehalle war noch immer geschlossen. Die Dame innen lächelte ein „ich-bin-für-Sie-da" - Lächeln.

Dann telefonierte sie eine Zeitlang, schrieb etwas auf einen Zettel und kam damit zur Tür.

Da diese allerdings abgeschlossen war, steckte sie den Zettel durch den Schlitz. Ich nahm ihn entgegen:

„Das Flugzeug ist leider noch nicht da." Stand da in Englisch. Der Zettel wurde durch die Reihe der wartenden Passagiere nach hinten durchgegeben.

Wir fragten durch die Tür, ob sie denn nicht aufschließen könnte, damit wir wenigstens auf den Stühlen warten könnten, die ja dafür da wären…

Sie strahlte uns mit ihrem makellosen „ich-tu-alles-für-Sie!"-Lächeln an und lief zum Telefon.

Klar, sie musste erst mal ihren Chef fragen!

Nach einer Weile schreib sie wieder einen Zettel, den sie durch den Schlitz steckte:

„Tut mir leid, mein Boss hat den Schlüssel. Ich kann Ihnen nicht aufmachen!"

Auch dieser Zettel wurde nach hinten durchgegeben, immerhin standen jetzt alle Passagiere hinter uns und warteten aufs Einsteigen…

Irgendwann kam Jemand und teilte uns mit, er sei froh, uns gefunden zu haben, das Flugzeug sei an einem anderen Gate und würde schon lange auf uns warten, man habe halt die Passagiere erst noch suchen müssen!

Stellt euch das nur mal vor, da steht ein Flugzeug, mit Koffern schon im Bauch – aber die Passagiere fehlen.

Die stehen nämlich stundenlang vor einer Glastür und tauschen mit der zahnpastawerbung-lächelnden Angestellten Zettelchen aus!

Hongkong ist hell

Das erste, was uns an Hongkong aufgefallen ist: es ist alles strahlend hell und erleuchtet.

Gegen dieses Lichtermeer ist Nanjing eine dunkle Stadt. Viel haben wir nicht gesehen, denn es war ja schon dunkel. Das Hotel war sauber und wir hatten einen Mordshunger.

Denn im Flieger mussten wir in Nanjing noch über eine Stunde warten, bevor wir losfliegen konnten (wahrscheinlich mussten sie den Piloten auch suchen…)

Jedenfalls hat man uns am Flughafen schon das Essen gebracht… Während des Fluges gab es dann eben nichts mehr.

Der Flug dauerte 2,5 Stunden. Dann Koffer holen, Geld wechseln (in Hongkong gibt es nämlich „Hongkong-Dollar"), Hotel suchen, Einchecken.

Es war nach Neun, als wir uns auf den Weg machten, noch etwas zu essen zu finden.

Immerhin hatten wir bis auf dieses Sandwich im Flieger den ganzen Tag nichts gegessen.

Unterwegs hielt uns noch ein Mönch auf, der mit seinem Schälchen um Münzen bat.

Dann fanden wir zufällig eine kleine Bar mit Küche. Westlicher Küche!

Und wir haben geschlemmt und Wein getrunken. Und auf einmal war das Alles gar nicht mehr so schlimm…

Vor dem Einschlafen haben wir den Chinesen gegenüber noch eine Weile in die Fenster geschaut.

Was für eine Riesenstadt! So viele Hochhäuser.

Obwohl Nanjing eine Großstadt mit über 4 Millionen Einwohnern ist, kamen wir uns vor, wie Leute vom Dorf.

Hongkong war bis 1997 englische Kolonie und erst seit dem Zeitpunkt autonom und gleichzeitig und Teil von Kontinentalchina.

Es unterscheidet sich mit seinem ganzen westlichen Leben sehr von den normalen chinesischen Städten. Selbst ein Disney-Land gibt es dort. Und KongKong ist teuer!

Dafür haben wir tatsächlich einen Body-Shop dort gefunden – und natürlich tüchtig zugeschlagen! Selbst deutsche Zeitschriften haben wir gefunden.

Der Besuch beim Hautarzt war sehr erfolgreich.

Er ist der Meinung, dass es nicht nur die Krätze war, die uns zusetzt, sondern auch irgendwelche Insektenstiche.

Auf die ganzen Medikamente haben wir mittlerweile einfach eine dicke, fette Allergie entwickelt, wogegen wir nun mit Histaminen und einer Lotion behandelt werden, die ein Abfallprodukt aus der Petroleumherstellung ist.

Und genauso riecht sie auch!

Aber was soll's, Hauptsache, wir sind den ganzen Kram los.

Jetzt sind wir seit Samstag nahezu pickelfrei – und froh darüber.

Michel besonders, der fliegt nämlich am Montag, 21. November nach Deutschland – geschäftlich. Und hat eine lange Liste, was er uns aus Deutschland mitbringen soll!

Sprachlos

Die wohl am häufigsten benutzte Vokabel hier ist „Ich verstehe Sie nicht!". Das liegt einfach daran, dass ich nach drei Unterrichtsstunden einfach noch nicht fließend chinesisch spreche.

Macht aber nichts, denn ich lerne ja.

Gestern Morgen nun musste ich mit meinem Sohn schimpfen, der (mit voller Absicht, denn er ist voll im Trotzalter) den Inhalt seiner Kakaotasse mit aufreizendem Augenaufschlag („ Na, was wird Mama dann wohl machen?") auf dem Frühstückstisch verteilte.

Natürlich war ich sauer!

Und ich sehe auch keinen Grund, ein solches Verhalten mit Erklärungen wie „ Das finde ich jetzt aber gar nicht schön von dir."

oder „ Das darfst du aber nicht, denn große Kinder machen so was nicht. Sei mal ein lieber, lieber Junge!" abzutun.

Nein, ich habe ihm die Tasse weggenommen, ihn von seinem Stühlchen gehoben und ihn weggeschickt:

„Mit Kindern, die ihre Tasse ausschütten, möchte ich nicht frühstücken. Geh weg!"

Noch bevor ich (man hat ja „ Super-Nanny" geguckt …) ihm erklären konnte, er solle sich aufs Sofa setzen und in zwei Minuten komme ich ihn holen, wandte er sich noch mal zu mir um.

Statt weinend und zerknirscht zu sein (was ich eigentlich erwartet hatte) lächelte er mich an, hob die Schultern entschuldigend in die Höhe und sagte laut und deutlich:

„ Ting Bu dong!" (Ich verstehe dich nicht!")

Wäre ich eine Super-Nanny oder auch nur eine erziehende, konsequente Mutter, hätte ich vermutlich nicht gelacht…

Habe ihn dann trotzdem in sein Zimmer geschickt, mit dem Hinweis, dass ich gleich nachkomme - zum Spielen – so richtig Strafe war das dann aber doch nicht mehr!

Vorweihnachtszeit

Vorweihnachtszeit... Jetzt ist es auch bei uns kalt geworden.

Schlagartig von einem Tag auf den anderen rutschten die Temperaturen auf den Gefrierpunkt und ließen uns schnell die dicken Daunendecken beziehen.

Seit dem 1. Dezember gibt es in Nanjing auch Weihnachtsartikel zu kaufen.

Ich habe richtig Lust bekommen, unser Haus zu schmücken und bin Weihnachtslieder pfeifend durch die Läden getingelt.

Wahrscheinlich habe ich deshalb so Lust auf Weihnachtskitsch, weil ich nicht schon Anfang September mit Lebkuchen und Christstollen überladen worden bin.

Aber so konnten wir tatsächlich die Adventszeit nutzen und haben viel gebastelt, gemalt, gesungen, jede Menge Kerzen angezündet und Tee getrunken.

Michel hat sein altes Notenbuch aus dem Kindergottesdienst herausgeholt und auf dem Klavier gespielt. Die Seiten sind schon etwas vergilbt – aber mit der Melodie klappt es noch tadellos!

Nur bei „Vom Himmel hoch..." hat es sich eher angehört, als wenn man neun Katzen gleichzeitig auf den Schwanz tritt...

Zum 2. Advent hatte Frederike eine Freundin mitgebracht. Nicole mit Namen und Chinesin.

Sie fand unser traditionelles Adventfeiern auch ungemein interessant und hat alles (sogar unseren Gesang) per Foto-Handy festgehalten.

Michel meint, dass wir uns vermutlich bald mit digitalem Sound unterlegt auf einem Großbildschirm in der Fußgängerzone wieder finden.

Oder in den Charts und Discos, wo die Kids dann nach „Süßer die Glocken nie klingen " total abrocken.

Kinder auf dem Winterball

Am 10. Dezember ist der große Winterball im Hilton.

Es ist „das" Ereignis, wie man uns prophezeit hat, und auch wir haben bereits Karten.

Für Frederike wird es der erste Ball sein, an dem sie teilnimmt. 15 Jahre sind ja immerhin schon alt, und sie freute sich unbändig, als wir ihr eröffneten, sie müsse nicht Babysitter für ihren Bruder spielen, sondern dürfe mit.

Sie ist halt jetzt schon groß…

Ihr Ballkleid ist wunderschön in hellgrün und romantisch verspielt – wie ein junges Mädchen mit super Figur so was eben tragen kann.

Auch ihre Freundin Natascha hat sich eine tolle Abendrobe schneidern lassen, aus schwarz-lila Samt mit Stickereien.

Ich denke, sobald die beiden jungen Damen den Ballsaal betreten, werden wir alten Drachen uns fragen, warum wir so lange Zeit vor dem Spiegel verbracht haben, denn es wird kein Blick mehr für uns übrig sein...

Im Vorfeld allerdings gab es einige unfreundliche Töne. Eine Dame meines Alters war pikiert, als sie hörte, dass meine Tochter mit auf den Ball gehe.

Auch ihre Freundin pflichtete ihr bei, so was hätte sie bei anderen noch nie gesehen, dass jemand seine Kinder mitnimmt.

(Stellte sie sich vor, wie Frederike und Natascha ihre Legosteine und Barbiepuppen auf der Tanzfläche verteilten???)

Ich lächelte süffisant und teilte ihr mit, Frederike könne bereits ohne Kissen an einem Tisch essen und habe auch schon beim Umgang mit Besteck Fortschritte gemacht.

Die beiden Schwarzmacherinnen wurden aber erst still, als eine der Älteren Vorstände kam und meinte, sie fände es ganz toll, dass mal ein wenig frisches Blut in den „Dinosaurierverein" hereinrauscht und bat mich nur, darauf zu achten, dass die Jugend nicht zuviel Alkohol trinkt.

In Gedanken streckte ich den beiden Frauen die Zunge raus und hoffte, dass ihre Männer Frederike und Natascha hübscher und anziehender finden als ihre Frauen.

Herzhafter Nudelsalat...

Weil mich jene Frau bereits schon öfter zurechtgewiesen hat, gehe ich ihr meistens aus dem Weg.

Sie hatte an meiner Garderobe ebenso etwas auszusetzen, wie am Verhalten meiner Tochter oder den Lehrern in der Schule.

Oder sie war der Ansicht, dass ich meinen Sohn falsch erziehe.

Darüber habe ich sie einfach ausgelacht und gemeint, man kann es doch in der Kindererziehung sowieso nie „richtig" machen! Wir können nur versuchen, es so gut wie möglich falsch zu machen.

Nach diesem Prinzip und jeder Menge Liebe und Vertrauen haben wir immerhin eine 15 jährige Tochter, die noch immer keinen Ring in der Nase hat, nicht raucht und sogar noch ihre natürliche Haarfarbe trägt.

Na ja, egal. Jedenfalls ging mir diese Frau allmählich ziemlich auf die Nerven.

Eine Freundin lud mich mit Jakob ein und meinte, ich solle was zu Essen mitbringen. Eigentlich wollte ich absagen, weil besagte Dame auch da wäre, aber dann entschied ich mich doch hinzugehen.

Aber was sollte ich wohl zum Essen mitbringen?

Erst dachte ich an Kekse, dann fiel mir aber ein, dass ich gar nicht backen kann.

Vielleicht „Weihnachts- Hamburger" – mit Marzipan und Zimt. Aber Michel konnte sich dieses Geschmackserlebnis nicht positiv vorstellen.

Darum entschied ich mich für einen ganz normalen Nudelsalat.

Weil ich aber immer noch stinkig war, weil die Dame meine Tochter nicht auf ihrem blöden Ball haben wollte, habe ich mir allerdings überlegt, wie ich ihr zumindest das Essen ein klein wenig vermiesen könnte.

Darum gab es zwei Nudelsalate.

Den großen Topf für die Gäste – ja, und einen kleineren. In diesen Nudelsalat, der identisch aussah wie der große, verteilte ich zusätzlich noch ein paar Überraschungen:

Einen Esslöffel gelben Sambal Olek, einen Teelöffel Salz und zu guter Letzt zerrieb ich im Mörser einen Esslöffel Süßstofftabletten zu Staub und mischte sie auch noch unter.

Ich hab sogar vorsichtig probiert. Es war so ekelig, dass ich fast spucken musste und scharf wie die Hölle.

Mit einem befriedigten Lächeln wickelte ich meine beiden Schüsseln in Frischhaltefolie und dann ging's los!

Ich bin mit Jakob auf dem Elektroroller dorthin, indem ich ihn einfach in meinem Tragetuch auf den Rücken band. (Wofür ich mir selbstverständlich anhören musste, dass *sie* das ziemlich verantwortungslos finde, bei dem Verkehr. Sie würde ihren Kindern eine solche Gefahr *nie* zumuten! Dabei hat sie gar keine Kinder…)

Ich stellte meine Schüsseln neben mich auf den Tresen, damit nicht die falschen Personen versehentlich die falsche Schüssel nahmen.

Dort harrte ich aus, bis das Mitbringbüffet eröffnet wurde. Jakob spielte mit den anderen Kindern. Als er plötzlich hinfiel und weinte musste ich zu ihm gehen.

Just in diesem Moment sah ich eine nette Australierin sich einen Teller „falschen" Nudelsalat auftun, sie stellte ihren Teller aber zum Glück noch mal ab, um sich etwas zum Trinken einzuschenken!.

Ich ging schnell an den Tresen, nahm mir einen Teller und füllte ihn mit „richtigem" Nudelsalat und gab ihn ihr in die Hand. Sie hätte versehentlich meinen Teller genommen, sagte ich.

Puh, das ging gerade noch mal gut.

Ich wusste nun nicht, wohin mit dem ekligen Zeug, ich konnte ja schließlich nicht damit quer durch den Raum zur Toilette und mitsamt Salatteller auf dem Klo verschwinden und hinterher mit einem leeren Teller wieder herauskommen…

Also ließ ich die schleimige Masse in einem unbeobachteten Moment in meine Handtasche verschwinden.

Und dann steuerte *sie* auf das Büffet zu.

Ich stellte schnell die große Schüssel hinter die Theke und schob die präparierte näher an den Rand. Offensichtlich hatte sie genau danach gesucht, denn sie lud sich einen großen Schwung auf.

Es dauerte eine Weile, bis die Wirkung kam. Erst verzog sie das Gesicht, dann öffnete sich der Mund.

(Es sieht ganz schön unfein aus, wenn eine schicke, ältere Dame mit vollem, offenen Mund da steht und die Nudeln bröckchenweise herausfallen)

Sie schrie und tastete nach einer Serviette, in die sie hineinspucken konnte.

Ich tauschte schnell die Schüsseln aus und nahm ihren Teller weg – schwupps, in den Müll damit.

Hei, was war das für ein Spaß!

Mit hochrotem Kopf schrie sie, es würde so brennen!

„ Aber der ist doch gar nicht scharf!" rief ich.

Auch ihre Freundin probierte aus der Schüssel – alles war in Ordnung.

Vor lauter Schärfe und Brennen im Hals liefen ihr dicke Tränen die Wangen herunter.

Alles wirbelte um sie herum und versuchte ihr zu helfen, als sie sich versuchte, zum Mülleimer einen Weg zu bahnen, in den sie die Reste aus ihrem Mund spuckte.

Man war dann der Meinung, es müsse sich irgendwie ein Stück von diesen super-scharfen Paprika eingeschlichen haben. Und zum Glück hätte es keines der Kinder geschluckt…

Mir tat das natürlich fürchterlich leid, ich wisse auch nicht, wie so was passieren konnte…

Und ich hab nicht ein einziges Mal gelacht!

Erst später, als Jakob und ich mit dem Roller wieder nach Hause fuhren, habe ich die ganze Zeit breit gegrinst.

Übrigens stinkt meine Handtasche jetzt erbärmlich, obwohl ich sie mit heißem Wasser sofort ausgewaschen hab.

Und man braucht nur den Reisverschluss zu öffnen und hineinzusehen – und schon fangen die Augen an zu tränen…

Bevor ihr mich allerdings verurteilt und sagt, dass ein solcher Streich doch unverantwortlich sei, denn es hätte ja auch schlimm ausgehen können, gestehe ich:

Es geschah (leider) nur in meiner Phantasie!

Meinen Mitmenschen allzu übel mitzuspielen, habe ich dann doch zu viele Skrupel…

Aber ich schwöre: in meiner Vorstellung hat es sich genauso abgespielt!

Winterball

Da war er nun, der große Tag, an dem "das" Ereignis der Saison stattfinden sollte.

Am Samstagmorgen nähte ich noch die letzten Blüten auf Frederikes Kleid und kürzte es noch (war ich vielleicht froh, dass die Nähmaschine einer Freundin noch hier war…).

Dann haben Frederike und Michel zuhause Walzer geübt. Rike im Abendkleid, Michel in Hausschuhen.

Es klappte wunderbar und die Luft war geladen mit einem erwartungsvollen Knistern. Rikes erster Ball…

Michel hatte seinen Hochzeitsanzug angelegt, und ich wählte ein schlichtes dunkelblaues Abendkleid (das netterweise das eine oder andere Kilo kaschierte…)

Ich platzte fast vor Stolz auf meine Große, so wunderschön war sie.

Mit der Haltung einer Königin schwebte sie durch die Gänge im Hilton und alle Menschen drehten verwundert die Köpfe zu ihr um.

Viele Lehrer ihrer Schule waren da und einem Herrn blieb doch tatsächlich vor Staunen der Mund offen.

Als sie von einer der Organisatorinnen ein Kompliment erhielt, wurde sie knallrot, bedankte sich aber mit einem strahlenden Lächeln. (Immerhin hatte ein guter Freund mir mal beigebracht, dass die einzig richtige Antwort auf ein Kompliment ein „Danke!" ist! Und ich war glücklich, diese Information an sie weitergeben zu haben.)

Trotzdem war sie heilfroh, als ihre Freundin Natascha kam. Wow, Natascha ist zwar ein Jahr älter als Rike, aber ich hätte sie tatsächlich nicht erkannt, wenn nicht ihre Mutter direkt hinter ihr gewesen wäre!

In dem dunkel-lila Samtkleid mit der dezenten glitzernden Stickerei war sie unglaublich elegant und die Frisur passte vollkommen zu ihrem Typ.

Beide Mädchen hatten sich offenbar fest vorgenommen, den skeptischen Frauen auf dieser Veranstaltung zu zeigen, dass sie durchaus in der Lage sind, einen ganzen Abend ohne ihr Spielzeug auszukommen – und sie stahlen wirklich allen die Show!

Gar kein Zweifel: als Natascha mit ihrem Vater auf die Tanzfläche ging, waren sie der Mittelpunkt des Geschehens und ließen einige Männerherzen höher schlagen (und ich glaube nicht, dass ich es mir nur einbilde, dass der Herr Papa aus jedem Knopfloch vor Stolz gestrahlt hat!)

Die Mädchen waren auf jeden Fall *die* Attraktion des Abends. Rike in ihrem zarten, gerafften Kleid

(in einem ähnlichen Grünton, wie ihre Augen) war echt Zucker – Natascha überzeugend elegant und ganz Dame.

Die zwei Jungen, 17 und 18 Jahre alt, wirkten dagegen fast kindlich.

Man stelle sich vor, dass unsere Mädchen irgendwann hinüber gegangen sind, um sie zum Tanzen aufzufordern!!!

Als sie wiederkamen (ohne Jungen) meinte Rike: „ Nee, die finden die Musik grad nicht so toll, ich glaub, die trauen sich nicht. Wir haben dann gesagt, wenn ein gutes Lied kommt, sollen sie einfach rüberkommen. Jetzt bearbeitet ihre Mutter sie…"

Und tatsächlich – nach wenigen Minuten standen die beiden Herren auch artig vor ihnen und führten sie auf die Tanzfläche.

Von Walzer oder Foxtrott kann allerdings nicht gesprochen werden, denn es war absolut moderne Musik.

Eine Drei-Personen-Band, die zur Konservenmusik Coversongs sang: zum Beispiel VMCA oder Tina Turner.

Rike war erst mal ziemlich enttäuscht, weil sie sich doch einen „richtigen" Ball vorgestellt hatte.

Und extra Tanzen geübt...

Ich sagte ihr, dass es mir genauso ginge, es jedoch im Leben immer wieder mal Situationen gäbe, die einfach anders wären, als wir uns das vorgestellt hätten.

Und dann muss man eben das Beste daraus machen. Und dass sie sich nicht den Abend verderben lassen solle, nur weil die Musik anders ist.

Mit Nataschas und Sabines Hilfe hat sie ihre Enttäuschung dann auch bald überwunden und tatsächlich auch Spaß gehabt.

Das Essen wurde von Kellnern in Kostümen gebracht und der Wein floss reichlich.

Die Gäste hatten offensichtlich richtig Tanzlust, denn die Tanzfläche war bis zum Schluss rappelvoll.

Wir fuhren gegen drei Uhr heim – erschöpft und glücklich. Ein toller Abend!

Der Winter ist da!

Klirrender Frost setzt sich als winzige kleine Sterne auf den Grashalmen fest und lässt die wenigen Blätter an den Bäumen bizarr und fremd aussehen.

Der sichtbare Atem, den Jakob beim Spazierengehen entdeckte, faszinierte ihn fast zehn Minuten lang.

Er versuchte, den weißen Nebel vor seinem Mund mit den Händen einzufangen, blies ihn von außen gegen die Glasscheibe unseres Wintergartens (ich konnte ihn zum Glück daran hindern, das eiserne Gartentor anzulecken!!!) und kam mit roten Wangen und einer ganz kalten Nase wieder ins Haus.

Der Himmel ist jetzt tiefblau, und es sind selten Wölkchen zu sehen.

Jetzt wird es wohl nicht mehr lange dauern, bis der See in unserem Compound zugefroren ist und wir mit Jakob schlittschuhlaufen können!

Dick eingemummelt an der Luft zu sein und die vielen neuen und wundersamen Veränderungen zu entdecken, macht riesigen Spaß.

Ich liebe es, ihn dabei zu beobachten, wie er die dünne Eisschicht auf einer Pfütze mit den Fingern vorsichtig eindrückt und dabei die Welt entdeckt.

Und irgendwann durchgefroren Heim zu kommen, einen Tee zu trinken, mindestens zwanzig Kerzen anzuzünden und einen Bratapfel aus dem Ofen zu nehmen hat mehr Weihnachtsgefühl hervorgerufen, als das traditionelle Treiben in Deutschland in den letzten Jahren das vermocht hatte. Und das, obwohl wir so weit weg sind.

Während ich mit Jakob auf dem Sofa sitze, eingekuschelt in die Decke, den Duft von Tee, Apfel und Kerzen in der Nase, einen Keks in der Hand und ihm ein Buch vorlese, kommt mir plötzlich der Gedanke, ob diese „besinnliche Zeit ", vielleicht deshalb ihren Namen hat.

Sollen wir uns nicht tatsächlich daran erinnern, welchen Sinn diese Zeit hat?

„Das Fest der Liebe" - wann lieben wir denn?

Doch eigentlich, wenn wir glücklich sind.

Ist es dann nicht auch der Sinn dieser Zeit, sich daran zu erinnern, dass wir glücklich sind?

Einen kurzen Moment inne zu halten, in sich hinein zu horchen, was uns glücklich macht.

Und darauf zu hoffen, dass wir diese Erinnerung nie verlieren.

Ich habe mich mal mit einem Mann unterhalten, der über die furchtbaren Erlebnisse im Krieg nicht hinweggekommen ist.

Er meinte, dass diese Tage nichts Gutes hatten. Und doch ist innerhalb von 24 Stunden an jedem dieser schlechten Tage irgendein Moment, der positiv ist.

Wir verlieren ihn nur sehr rasch aus den Augen.

Ich sagte ihm, er solle sich vorstellen, vor ihm stünde ein großes Glas voller trockener, grüner Erbsen, für jede Minute eines Tages eine.

Eine dieser Erbsen allerdings male ich knallrot an, weil knallrot seine Lieblingsfarbe ist, und das ist positiv.

Sie steht für alles, was nicht schlecht ist, der Geruch der Goulaschsuppe vielleicht oder die Freude, das der Regen genau in dem Moment aufgehört hat, als ich das Haus verließ, ein Stück Schokolade, die Lieblingssocken sauber im Schrank vorzufinden, ein netter Anruf...

Wenn ich nun diese Erbse in das Glas gebe und ein wenig schüttle, dann ist die rote Erbse wohl bald zwischen den anderen verschwunden und wird nicht mehr gesehen.

Aber ich weiß, dass sie da ist! Und dieses Wissen lässt mich das Glas mit den vielen schlimmen Momenten doch ganz anders anschauen.

Denn ich weiß, dass in jedem Tag voller Erbsen die eine oder andere rote dabei ist.

Ist dieses Wissen nicht schon ein großes Glück?

In unserem Bestreben, im Alltag den „Überblick" zu behalten, haben wir mit der Zeit immer mehr verlern, genauer hinzuschauen auf all die kleinen, glücklichen Momente, die uns täglich passieren.

Ob ich glücklich bin?

(Ich habe einen dicken Kloß im Hals und küsse Jakob auf seine blonden Locken)

Und meine Seele öffnet weit ihre Schwingen und jubelt aus vollem Herzen:

Ja, ich bin glücklich!!!

Stinkendes Vorweihnachtsessen

Juchhu! Am 15. Dezember war es endlich soweit: meine Schwiegereltern sind zu einem dreiwöchigen Besuch angekommen.

Selbstverständlich steht in dieser Zeit nicht nur Kaffeetrinken und Spazierengehen auf dem Programm, sondern auch ein Einblick in die kulinarischen Besonderheiten Asiens.

Nach den ersten beiden Tagen hatten wir uns bereits durch 25 verschiedene Gerichte gegessen (man bestellt pro Essen ja immer gleich mehrere kleine Portionen, so zehn oder zwölf, wenn man mit mehreren Leuten unterwegs ist…) und fühlten uns wie die „kleine Raupe Nimmersatt".

Da nach dem Frühstück unsere Mägen bereits so voll waren, dass kein Minzblatt mehr hineingepasst hätte, beschlossen wir, einen Obst – Tag einzulegen.

Selbstredend besorgten wir dafür Früchte, die es in Deutschland eher selten oder gar nicht gibt:

Drachenfrüchte, Äpfel mit einem Durchmesser eines Handballs (kein Witz, wir haben sogar Photos davon), Nashis, Sharon, Holzäpfel und eine Durian.

Durian ist eine ca. fußballgroße Frucht (angeblich die Leibspeise von Orang-Utans, obwohl ich das nicht glauben kann…).

Sie hat eine grau-holzige Oberfläche, mit der Struktur eines Waffeleisens und ganz schön pieksig.

Im europäischen Raum ist sie auch als „Stinkfrucht" mit sehr schmackhaftem Innenfleisch bekannt.

Wer je bei mir auf einer Fete war, weiß, dass ich so ziemlich alles ausprobiere und bilde mir ein, gut und kreativ kochen zu können.

Bei dem Namen „Stinkfrucht" habe ich aber trotzdem vorher noch mal im Internet geschaut, wie man so was zubereitet.

Eigentlich sind wir mit der Frucht nur in den Garten gegangen, um es für Eltern etwas spannender zu machen. Ich legte das stachelige Ding auf den Gartentisch (aha, meine Nachbarin, die in ihrem Wintergarten saß, sah schon neugierig herüber...) zog mir ellenbogenlange Gummihandschuhe an, (während Mama einen ganzen Film mit ihrer Kamera verknipste...) – Frederike fungierte als OP–Schwester und reichte mir mit ernster Miene das lange, scharfe Messer.

Du meine Güte ist die Schale hart!

Unter wirkungsvollem Stöhnen öffnete ich die Frucht, die sich mit allen ihr zu Verfügung stehenden Möglichkeiten gegen den Zugriff wehrte.

Dann aber brach sie auf und legte ihren weißen Inhalt unseren Blicken frei: Mama, Frederike, Michel, Jakob und ich beugten uns neugierig darüber.

Und dann kam er emporgeschwebt: ein widerlicher Gestank nach einer Mischung aus vollem Dixiklo im Hochsommer und mehreren Wochen altem Tierkadaver, der bereits von Würmern und Larven befallen ist.

Wie um alles in der Welt kann man da von „Frucht" sprechen???

Es spricht wohl viel für unseren Abenteuersinn, dass wir die Durian dann doch (wie im Internet beschrieben) zerteilt, gewaschen und verkostet haben.

Auch wenn das Überwindung gekostet hat.

Das weiße Fruchtfleisch ist essbar, allerdings nicht die geschmackliche Erfüllung, die ich nach solchem Einsatz erwartet hätte.

Außerdem ging mir der Gestank nicht mehr aus der Nase. Bin ich froh, dass wir die nicht innerhalb des Hauses aufgemacht haben!

In dieser Frucht hat selbst mein kulinarischer Experimentierdrang seinen Meister gefunden und ich bin mir ziemlich sicher, dass ich damit nicht mehr umgehen möchte.

Wenn dies also die Leibspeise der Orang-Utans ist, dann stimmt da mit deren Nase oder Geschmacksnerven was nicht, denn die müssen das Ding ja zerbeißen, um an den Inhalt zu kommen – mir dreht sich da schon bei der schlichten Vorstellung der Magen um:

Stellt euch mal vor, ihr beißt in eine tote Katze, die in einem Dixiklo gelegen hat (nur so vom Geruch her…).

Hoffe, ich habe meinen Lesern nicht den Appetit verdorben…

Die Durian wird geöffnet

Eigentlich wird die Durian mehr auf Malaysia und in Thailand verzehrt, wenn sie fachgerecht zubereitet wird, soll es wirklich lecker sein. Hier in China kann man sogar „Durianbonbons" kaufen. Ich finde allerdings, sie schmecken eher nach Knoblauch…

Durian wächst (obwohl so groß und schwer) tatsächlich an Bäumen! Diese werden bis zu 300 Jahre alt und sehr hoch. Wenn die Früchte reif sind, fallen sie halt herunter und die Schale platzt dabei auf, wie bei einer Kastanie. So kommen dann auch die Orang-Utan- Affen problemlos an ihre Speise!

Man kann nur hoffen, dass einem so was nicht mal auf den Kopf fällt!

Leb wohl, „altes China"!

Die Geschwindigkeit, mit der sich dieses Land der westlichen Lebensweise angleicht, ist beängstigend!

Als wir hier ankamen wurde auf den Straßen gehupt, bis die Ohren platzen.

Inzwischen läuft der Verkehr so gesittet ab, dass man nur noch ab und zu ein Hupen hört.

Michel hat sich für die Zeit, in der Eltern zu Besuch sind, ein Auto gemietet und fährt selbst

(auch wenn mir das als Beifahrer oft schweißnasse Hände einbringt).

Die Straßen sind zum größten Teil neu asphaltiert und überall wird gebaut.

Die alten Siedlungen die noch zwischen den Hochhäusern stehen, werden nach und nach abgebaut.

Die Bewohner müssen in neue, hohe Bauten am Stadtrand ziehen. Natürlich ist das für die Menschen eine positive Wandlung, denn sie wohnen dort viel besser und komfortabler, als in den alten Baracken – trotzdem tun sich gerade ältere Menschen damit sehr schwer.

Da hat man ihnen all die Jahre vorgebetet, wie verabscheuungswürdig der westliche Kapitalismus mit all seinen Begleiterscheinungen ist – und innerhalb von zehn Jahren finden sie sich in einem Stadtbild voller Mc Donalds-Restaurants, westlicher Autos und Geschäften mit westlichen Markenartikeln wieder.

Die Schüler haben englische Sprache als Pflichtfach, ebenso wie in Deutschland.

An den Unis studieren Langnasen jeglicher Hautfarbe und es ist nur noch an ganz wenigen Fakultäten vorgeschrieben, welche Nationalitäten hier die Vorlesungen besuchen dürfen.

In den Restaurants bekommt man inzwischen ohne Probleme mindestens eine Gabel (auf Wunsch).

Wer baut, kauft meist bei OBI ein.

Selbst in der nationalen Einkaufskette „Suguo" gibt es deutsche Butter im Kühlregal.

Die kleinen Motorräder mit Aufsatz zum Reinsetzen sieht man immer seltener, obwohl das vor zehn Jahren die einzigen Taxen waren.

Sie dürfen mittlerweile nicht mehr in die neuen Wohngebiete hineinfahren, weil es das Stadtbild stört. Es gibt ja genug Taxen. VW, AUDI, die deutschen Marken werden hier ganz groß geschrieben.

Manchmal habe ich das Gefühl, das alte China schlägt den Kragen seines Trenchcoats hoch, nimmt seinen Hut und geht mit schleppenden Schritten von Dannen.

Ab und zu dreht es sich noch einmal um und blickt etwas wehmütig auf das emsige Treiben in den einstmals vertrauen Straßen.

Dann fühlt man seine Enttäuschung über das „ausrangierte" Sein, mit dem die jahrtausende alte Tradition jetzt weggeschickt wird.

Vielleicht läuft der eine oder andere Mensch ihm noch hinterher, will daran festhalten, mitgehen.

Bekümmert schüttelt das alte China jedoch den Kopf in dem Wissen: Fortschritt kann man nicht aufhalten.

So verschwindet es weiter und weiter im Nebel der Vergangenheit, bis von ihm nur noch ein dunkler Schatten zwischen den Zeilen der Geschichtsbücher zurückbleibt.

Nähmaschine

Sylvester haben wir ganz gemütlich gefeiert.

Meine Nachbarin war mit ihrem Mann da und das deutsche Pärchen von gegenüber brachten ihre chinesische Lehrerin mit.

Außerdem waren ja meine Schwiegereltern für drei Wochen zu Besuch da.

Diesmal wurde deutsch gekocht.

Hihi, war das herrlich zu sehen, wie unsere Nachbarn und die Lehrerin sich mit Messer und Gabel abmühten!

Michel hatte mir geholfen, den Tisch zu decken und wir haben die Stäbchen schlichtweg vergessen.

Als ich es bemerkte war es allerdings bereits zu spät, um die Stöcke noch ins Spiel zu bringen, ohne dass es für die Beiden peinlich gewesen wäre.

Also habe ich so gut es ging versucht, meine Belustigung zu verbergen.

Aber sie waren für Anfänger doch sehr geschickt!

Dank unseres Nachbarn setzte das Gespräch nie aus und irgendwie kamen wir darauf, dass ich schon seit Längerem nach einer Nähmaschine suche, jedoch in den Läden keine finden kann.

Und dabei wollte ich doch eine Tischdecke nähen, weil sich Michel diese zu seinem Geburtstag wünschte.

Tja, sagte unser Nachbar, Nähmaschinen könne man auch nicht kaufen. Die gibt es nur in der Fabrik.

Aber ein guter Freund von ihm, der würde eine solche Fabrik leiten.

Was diese Maschine denn können soll?

Da ich überhaupt schon stolz bin, wenn ich einen Faden einfädeln kann und mir schon beim Nähen einer Tischdecke vor Anstrengung graue Haare wachsen, antwortete ich, sie müsse einfach nur nähen können.

Gut, meinte er, legte die Gabel zur Seite und holte das Handy aus der Tasche (es war Sylvester, kurz nach 22.00 Uhr, während des Hauptganges, alles wartete gespannt, was jetzt geschah).

Er brüllte irgendetwas in das Kommunikationsmetall, legte auf und strahlte mich an:

„Morgen bringen sie eine Nähmaschine. Direkt hierher!" meinte er und erntete damit Staunen und Bewunderung von allen Seiten, was ihm auch sichtlich gefiel.

Mir fiel ein Stein vom Herzen, dass ich Michels Wunsch nun doch nachkommen konnte.

Am nächsten Tag lieferten sie allerdings in einem Moment, als wir gerade einen Ausflug mit Schwiegereltern machten.

Der Nachbar rief Michel auf dem Handy an. Sie beschlossen, die Arbeiter sollten die Nähmaschine in den Wintergarten stellen.

(Ich wunderte mich ein wenig, weil ich das Ding doch auch bei meinen Nachbarn hätte abholen können, aber Michel hatte das per Telefon so ausgemacht, na denn…)

Als wir nach Hause kamen, fiel mir als Erstes der durchdringende Ölgestank auf, der wie ein durchsichtiger Nebel in der unteren Etage hing.

Und dann schaute ich in meinen Wintergarten:

Dort standen 2 (!) riesige Industrie – Nähmaschinen, mitsamt Tisch und Werkbank!

Ein Seesack voll olivfarbenem Uniformstoff, mit dem man offensichtlich das Militär einkleidet und knappe 50 Garnrollen in gedeckten Farben, die jede die Größe einer Coladose hat!

Die Nähmaschinen haben unter dem Tisch einen Motor, der so aussieht, als könne man damit problemlos auf der Autobahn überholen!

Im Wintergarten roch es, wie in einer Kfz-Werkstatt – völlig ausgeschlossen, die in die Wohnung zu nehmen!

Und überhaupt – wo sollte ich die hinstellen???

(Mama brach beim Anblick der Näh-Ungetüme übrigens in wieherndes Gelächter aus…)

Sie sind nicht nur gebraucht, sondern sogar noch mit Faden bestückt, ich vermute, dass man irgendeiner armen Arbeiterin ihr Werkzeug schlichtweg unterm Hintern weggenommen hat.

Das Alter unserer beiden Garn-Tacker schätzen wir auf kurz vor dem 2. Weltkrieg und ich hatte Probleme, den Fadenverlauf in der Maschine auch nur mit den Augen zu verfolgen.

Von „selbst einfädeln" bin ich drei Lehrjahre und einem Abschluss an der Schneideruniversität entfernt!

Aber mein Nachbar hatte auch dafür Rat:

Am nächsten Morgen kamen zwei Techniker aus der Fabrik, die mir höchstpersönlich das einfädeln der Fäden zeigten.

Dabei stellte sich heraus, dass die Eine eine „Overlock-Maschine" ist und im Eiltempo versäumt und zeitgleich zusammennäht – toll. (Aber wozu sollte ich…)

So saß ich denn am 3. Januar bibbernd vor Kälte und fluchend wegen der Technik im Wintergarten und nähte für meinen Mann zum Geburtstag eine Tischdecke, während sich der Ölgestank auf meinen Nasenschleimhäuten und den Geschmacksnerven manifestierte.

Ich hatte den Eindruck, so müsse es sein, wenn man in einen Tanklaster gefallen ist…

Da es (weil keine Sonne schien) im Wintergarten Minusgrade hatte und der Regen, der unter der Tür hereinkam das Klima nicht angenehmer machte, kann Niemand wirklich ermessen, wie ich für diese Tischdecke gelitten habe!

Intermezzo

Inzwischen habe ich bereits zwei Tischdecken genäht und den Olivgrünen Uniformstoff zum Schneider gebracht, der mir daraus eine Hose genäht hat…(hab doch gesagt, ich kann nur geradeaus nähen!)

Unter dem Olivgrünen kam dann auch noch selbiger Stoff in Beige, jetzt habe ich auch noch eine beigefarbene Hose. Kann man ja immer mal gebrauchen.

Welchen Eindruck meine Berichte auf meine Leser machen, sehe ich daran, dass Michels Kollegen und Freunde an seiner Geburtstagsfeier erst einmal in den Wintergarten stürmten, um die Nähmaschinen anzuschauen, nachdem sie ihr Geschenk an das strahlende Geburtstagskind überreicht hatten

(nach mehreren Obstkörben geht es jetzt mit unserer Diät gut voran, denn wir ernähren uns von nichts anderem mehr. Wäre ja schad` drum…)

Gestern Abend habe ich eine ganze Ananas gegessen und etwa nach der Hälfte brannte mein ganzer Mund wie Feuer – da half nicht mal mehr Milch trinken!

Warum ist das eigentlich so?

Frederike hat diese Seite gelesen und meinte nur:

„Mama, ich will dich nicht kritisieren und finde es echt toll, dass du die ganzen Sachen aufschreibst. Aber ganz im Ernst: Das interessiert keinen Menschen!"

Da mag sie Recht haben, jetzt wisst ihr es trotzdem.

Höllentour mit Gesang

Auf jeden Fall einen Bericht wert ist die Taxifahrt nach Chuzhou (dort arbeitet und wohnt der Michel die Woche über). Eigentlich wollte ich ja mit der Bahn fahren, aber da das chinesische Neujahrsfest bevorsteht und alle, wirklich alle Chinesen verreisen, waren die Züge in Richtung Chuzhou für den Donnerstag komplett ausgebucht…

Na, dann fahre ich die 65 km eben mit dem Taxi

(ich höre bereits ein ungläubiges „Die müssen es ja haben!!!)

Eine Taxifahrt nach Chuzhou kostet 15 Euro.

Es regnete.

Der erste Taxifahrer konnte mich gar nicht verstehen, wo ich nun hinwollte.

Darum rief ich in Michels Firma an und ließ mir eine Übersetzerin geben.

Nachdem die Beiden minutenlang miteinander auf meinem Handy diskutiert hatten, ließ er mich jedoch wissen, er wolle so weit nicht fahren – na super!

Nächstes Taxi: Eine Frau (na wunderbar, Frauen verstehen mich ohnehin besser!)

Gut, sie würde fahren, auch zu einem vernünftigen Preis (es muss halt gehandelt werden, denn bei solchen Touren macht jeder Fahrer das Taximeter aus.)

14.00 Uhr: Ich schrieb dem Michel also eine sms: „Bin nicht im Zug, und auch nicht im ersten Taxi, aber ich komme jetzt…"

Während wir durch die Innenstadt fuhren, fing die Dame an zu singen, teilweise zu den Songs im Radio, teilweise würde ich es „freien Interpretationsgesang" nennen.

Als wir (es war Rush Hour und alles war zu…) endlich auf der Autobahn waren, atmete ich erleichtert auf.

Aber nur bis zum nächsten Schild.

Da stand nämlich „Shanghai" drauf.

Mist, verkehrte Richtung!

Bis ich ihr nun begreiflich gemacht hatte, dass wir uns auf der völlig falschen Autobahn befinden, vergingen mehrere Hundert Meter.

Aber macht ja nichts, dachte sie wohl, bremste und legte (mitten auf der befahrenen Autobahn auf der rechten Spur !!!) den Rückwärtsgang ein.

Und wir fuhren, nicht etwa auf dem Standstreifen – nein – auf der rechten Spur hupend rückwärts bis zur Auffahrt.

Eben diese auch noch runter und – schwupps – waren wir wieder in der richtigen Richtung.

Wenn ich Abends im Bett die Augen schließe, sehe ich immer noch diese Bilder...

Und die ganze Zeit hat sie gesungen!

Offensichtlich aus Angst wieder verkehrt zu fahren, nahm sie nun die Landstraße.

Es dauerte auch nicht lange, da hatte ich überhaupt keine Ahnung mehr, wo in China wir uns befinden.

Es ging über Straßen die so schmal waren, dass niemals zwei Autos nebeneinander gepasst hätten.

Aber die Straße sah sowieso so aus, als ob sie in den letzten zehn Jahren nicht benutzt worden wäre.

Ich schrieb Michel alle fünf Minuten eine sms, damit er mich im Ernstfall per Satellit hätte suchen lassen können.

Die Schlaglöcher waren so tief, dass ein normales Hausschwein ohne Probleme darin hätte stehen können, ohne über den Rand schauen zu können.

Aber wir konnten die wahre Tiefe dieser Tümpel nicht erkennen, denn es regnete ja und darum waren sie mit braunem Schlammwasser gefüllt, die (nennen wir es einfach mal so...) „Straße" war ja nicht geteert.

Bei jeder sportlichen Fahrwerkwasserung holperte auch ihre Stimme in etwas, was man als Musikfreund vielleicht sogar als Colloratur bezeichnen würde (die Dame sah inzwischen in der linken Gesichtshälfte auch etwas bräunlich, schlammig aus.)

Immer, wenn meine Fahrerin etwas zu schnell durch ein solches Loch gefahren war, platschte nämlich die Brühe über die Seite und rann an der Innenseite ihrer und auch meiner Tür direkt in den Fußraum. Die Türen haben wohl nicht mehr richtig geschlossen…

Eigentlich war es ganz gut, dass ich zumindest auf der Seite nichts mehr erkennen konnte, wir fuhren bergauf und rechts war der Abhang!

Nach einer Stunde waren meine Füße nass.

Außerdem begann die Feuchtigkeit gemeinsam mit der Kälte (die Heizung lief nämlich auch nicht) durch meine Kleidung zu kriechen was dem Wohlbefinden in gewisser Weise abträglich war.

Und sie hörte nicht auf zu singen!

Es dämmerte bereits, als die Straße breiter wurde und uns nach zwei Stunden das erste Auto entgegenkam!

Äh, wir reden von einer Entfernung von 65 km zwischen Nanjing und Chuzhou.

Die Taschentücher waren aufgebraucht, meine Nase lief immer noch.

Als wir das Dorf erreichten wünschte ich nichts mehr, als dass sie endlich nach dem Weg fragt und ich ankomme.

Meine Abenteuerlust sank auf minus 10 Punkte.

Ich erinnerte mich, in einem Buch gelesen zu haben, wie man musikalische Menschen folterte, indem man ihnen schräge und schiefe Gesänge oder Disharmonien um die Ohren haute. Ich stellte mir vor, wie ich den Regenschirm von der Rückbank griff, ihr damit drohte und sie nach dem Entern des Autos in einer der Riesenpfützen ertränkte!

Hab dann aber doch nur still vor mich hingelitten.

Einer der Gründe, warum ich es nicht tat, war, dass meine Hände bereits so eingefroren waren, dass ich nicht einmal mehr eine sms zum Michel schicken konnte.

Als wir ein Schild sahen „ Chuzhou 13 km" hätte ich fast geweint vor Freude.

Und wir wären dann auch bald da gewesen – wenn wir nicht auch noch einen Platten gehabt hätten.

Da hat sie dann nicht mehr gesungen.

Ich wollte Michel gerade anrufen, er solle mir bitte einen Rettungshubschrauber schicken, als die Frau tatsächlich einen Reservereifen herausholte und das Rad tauschte!

Ich hätte nie für möglich gehalten, dass die Taxen in Nanjing ein Reserverad haben und das auch noch mit Luft gefüllt ist.

Also schrieb ich Michel per sms: Vergiss die Rallye Paris-Dakar! Diese Fahrt glaubt mir niemand!

17.20 Uhr: Ich kam nach mehr als 3 Stunden Fahrzeit wie eine Schiffbrüchige die Auffahrt zur Siemens-Fabrik in Chuzhou hinauf geschlichen, den Regenschirm mit beiden Händen festhaltend, da ich ihn mit einer Hand nicht mehr halten konnte.

Ich habe mir sogar extra die Nummer dieses Taxi gemerkt, damit ich da nicht mal aus Versehen noch einmal einsteige!!!

Chinese New Year

Habe ich schon erwähnt, dass es in dieser Stadt nahezu täglich irgendwo ein Feuerwerk gibt?

Aber selbst, wenn bei der Lautstärke der Böller hier ab und zu die Fensterscheiben vibriert haben, so war dies doch nur ein leises, sehnsuchtsvolles Seufzen, im Vergleich zu dem, was sich zum Jahreswechsel abgespielt hat.

In den Tagen vorher lag bereits ein Knistern in der Luft, so als stünden die Chinesen wie Rennpferde in den Startboxen.

Morgens um sechs mal ein nervöses „ Zu – Früh – Feuerwerk", an jeder Ecke wurden Berge von Krachern und Raketen verkauft (manchmal über einen Meter groß!!!). Siehe Bild…

Erfahrene Ausländer gaben uns alle den Rat, über Chinese New Year zu verreisen – und zwar so weit wie möglich.

Wir haben aber gedacht, wenn wir doch schon mal in China sind, sollten wir die traditionellen Feste auch mitfeiern.

Am 28. Januar 2006 war es soweit: Das chinesische Neujahrsfest!

Seit Wochen haben die Chinesen ihren Vorrat an Feuerwerkskörpern angehäuft und in den vergangenen Tagen hat wohl jede Familie Dumplings (Mischung aus Tortellini und Maultaschen) hergestellt und gegessen.

Flughäfen und Bahnhöfe waren überfüllt, denn man feiert dieses Fest mit der Familie.

Im Nachbarcompount gab es noch andere Deutsche, die dageblieben sind und die luden uns zu einer Party ein.

Doch als wir kurz vor 19.00 Uhr das Haus verlassen wollten, brach es los!

Alle Chinesen waren auf der Straße und ballerten und krachten, was das Zeug hielt.

Es war schlichtweg unmöglich, auch nur zehn Meter zu gehen.

Also riefen wir an, wir kämen später…

Nach einer halben Stunde war der erste Rausch wohl befriedigt und die Familien begannen zu feiern und zu trinken.

Aus jedem Fenster drang ein laut-fröhliches „Gambäi" („hau wech, das Zeug!") entgegen.

Wir bahnten uns vorsichtig den Weg durch stinkenden Schwefelnebel, umschifften gekonnt die noch glühenden Blindgänger und bewunderten die Sternenregen und Raketen, die ziellos über den Nachthimmel flogen.

Und da kam doch auf dem Weg zu unseren Gastgebern tatsächlich so eine kribbelige Aufregung in meinen Bauch, ein richtiges Sylvester-Feeling!

Nach einem tollen Büffet gingen wir dann um 23 Uhr noch einmal hinaus, um mit unserem vergleichbar mickrigen Vorrat an Raketen, das Neue Jahr des Hundes zu feiern.

Das Getöse war dermaßen heftig, dass ich mit Jakob lieber ins Haus gegangen bin und das Feuerwerk durch das Fenster angeschaut habe.

In China ist es Gesetz, dass Verstorbene verbrannt werden müssen.

Jetzt ist mir auch klar, warum: Mit diesem Feuerwerk kann man nicht nur Geister vertreiben, sondern sicherlich auch Tote aufwecken!!!

Wer übrigens denkt, dass es dann damit mit Feuerwerk getan ist, der irrt gewaltig. In den folgenden zwei Wochen wird von Morgens, bis nachts um Drei irgendein Knallzeug gezündet!

Der Zauber endet 15 Tage nach Chinese New Year am „Laternenfest". Und dann erst hat das Neue Jahr wirklich begonnen.

Jakob mit einer Sylvester-Rakete

Harbin

Am Montag nach dem Neujahrsfest sind wir alle Vier in den Norden Chinas, nach Harbin, geflogen.

Dort fand in diesem Jahr nicht nur ein fröhliches Flussvergiften statt, sondern auch das berühmte Eisfestival.

Ein riesiges Gelände mit Palästen, Skulpturen, Vergnügungen – alles aus Eis.

Die Gebäude kann man betreten und sie sind von innen beleuchtet, es ist wirklich phantastisch!

Und saukalt.

Am ersten Tag nach unserer Ankunft gab es darum einen Einkaufsbummel, um fußlange Daunenmäntel, Moonboots und Wollmützen zu erstehen, bei denen nur die Augen rausgucken.

In dem Augenblick, wenn man die Hoteltür nach draußen aufmacht, beißt die Kälte direkt in die Lunge und macht das Atmen schwer.

Nachts war es minus 35 Grad.

Wir waren heilfroh, dass die Heizung im Hotel funktioniert hat. Im Gegensatz zu Nanjing haben in Harbin aber alle Häuser einen Schornstein, so dass man davon ausgehen kann, dass Heizen dort für die normale Bevölkerung kein Fremdwort ist.

In Nanjing werden die Wohnungen und Hütten der Bürger nicht geheizt, man friert.

Tagsüber haben wir noch den großen Park mit den Schneeskulpturen besichtigt (die haben sogar die Verbotene Stadt aus Peking mit Schnee nachgebaut!!!) und einen Tigerpark, in dem Tiger aufgezogen und später in die Wildnis entlassen werden.

So einem vier Meter langen Tiger ziemlich nahe zu sein, während er ein Huhn erlegt, ist schon ein mulmiges Gefühl, ich war froh, dass wir in einem Safari-Bus saßen…

Alles aus Eis…

Live-Musik

Im „Holiday Inn" gab es nicht nur einen Irish Pub (an der russischen Grenze in China…klar, einen Irish Pub…), sondern auch einen Babysitter-Dienst.

Gute Gelegenheit, mal mit Frederike allein auszugehen, ohne den kleinen Bruder.

Und Rike hat beim Kickern gegen ihren Vater auch noch gewonnen, was ihr sichtliche Freude bereitet hat und ihm ein ungnädiges Knurren entlockte.

Na ja, dafür habe ich mich beim Darten vollständig blamiert…

Aber es war ein toller Familien-Kneipen-Abend.

In dem Pub war auch eine Live Band, die so schlecht war, dass es uns die Haare im Nacken aufgestellt hat.

Dabei bin ich nicht mal besonders wählerisch, denn ich liebe Live Musik.

Wir waren uns einig, das dies auf jeden Fall die schlechteste Band Chinas sein musste.

„Män!"

Nachdem wir tagelang so tapfer der Kälte getrotzt hatten, beschloss ich, Jakob und mir etwas Gutes zu tun und fuhr mit ihm in ein Nobelhotel am Stadtrand von Harbin, dort gibt es nämlich ein Schwimmbad mit warmem Wasser.

Und Whirlpool und Dampfsauna.

Nachdem mein Wasserfrosch mit seinen Schwimmflügeln die Bademeister in Verzücken gesetzt und genug Wasser geschluckt hatte, um eine Saharadurchquerung zu überstehen, beschlossen wir in den abgetrennten Bereich zu gehen, um Whirlpool und Sauna zu genießen.

Wir waren die einzigen Badegäste, denn es war Abendessenzeit.

Wir duschten, whilrten und hatten eine nette Viertelstunde. Ich wunderte mich schon die ganze Zeit, dass neben der Sauna eine Badehose hing, aber Niemand herauskam, da hielt es ja Jemand ganz schön lange aus…

Ich wollte dem Jakob wenigsten mal den Nebel in der Sauna zeigen, so ganz kurz halt, weil Sauna nix für kleine Kinder ist.

Aber als ich ihm seine Badehose ausgezogen hatte und mich selbst freimachen wollte, ging die Tür zur Schwimmhalle aus und zwei völlig aufgeregte Bademeister schnatterten wild auf mich ein und ruderten mit den Armen.

Erst habe ich gedacht, es brennt!

Der Eine bückte sich, um Jakob die Badehose wieder anzuziehen und der Andere rief immerzu irgendwas wie „män, män!"

Während ich hinausgeschoben wurde, sah ich noch, wie aus der Sauna der Gast herauskam und einen irgendwie völlig fertigen Eindruck machte…

Da begriff ich: Ich hatte den falschen Eingang erwischt und befand mich seit einer Viertelstunde im Männerbereich und der arme Kerl traute sich die ganze Zeit nicht aus der Sauna heraus!

Standuhr

Unsere Uhr im Wohn/ Esszimmer ist kaputtgegangen.

Das ist tragisch, weil ich da ständig hinschaue und jetzt ins Leere gucke.

Und weil es sinnvoll ist, Frederike morgens, nach einem Blick zur Uhr, sagen zu können, dass sie gerade ihren Schulbus verpasst hat ist, haben wir beschlossen, eine Neue zu kaufen.

Weil Michel und ich den Klang von schlagenden Uhren so schön finden, sollte es eine Standuhr sein.

Also, auf in die Möbelgeschäfte und nach mehreren Anläufen auch eine Passende gefunden.

Nun wollten wir der Verkäuferin klar machen, dass wir uns die Uhr erst anhören und außerdem wissen möchten, ob sie funktioniert, bevor wir sie kaufen.

Da sie das nicht begreifen konnte, kam eine Dolmetscherin. Nach 10 Minuten teilte sie uns mit, dass die Verkäuferin dieser Uhren gar keinen Schlüssel zum Aufziehen habe und selbst wenn sie einen hätte, wisse sie gar nicht, wie man das macht… (na toll, warum ist sie dann hier Verkäuferin???) Wir bestellten also den Chef.

Der käme in einer Stunde, sagte man uns. Wunderbar, dachten wir, dann gehen wir eben noch schnell was essen, denn Jakob war mit und hatte Hunger.

Während wir also den KFC leerfutterten, ging Michel zum Geldautomaten, um Bargeld für die Uhr zu holen.

In China kann man keine Möbel mit einer Kreditkarte zahlen, sondern nur bar.

Eigentlich kann man bis auf Strom und Gas gar nichts mit einer Karte zahlen, nicht mal die Einkäufe in der Metro.

Da saßen Jakob und ich also nun und warteten.

Und warteten.

Und warteten.

Mir fiel zwischendurch dieses Lied von Udo Jürgens ein, da ging auch mal einer eben Zigaretten holen…

Irgendwann kam mein Mann aber doch wieder, ziemlich abgehetzt: Seine Karte steckt im Automaten, die

Geheimnummer ist eingegeben, aber jetzt tut sich gar nichts mehr…

Und es war ja Sonntag, da hat die Bank zu.

An diesem Tag haben wir dann keine Standuhr gekauft…

Darum bin ich einige Tage später allein noch mal in dieser Mission unterwegs gewesen.

Aha, die gleiche Dolmetscherin. Diesmal war in der Abteilung gar kein Licht mehr.

Überall emsige Arbeiter, die Rolltreppe stand still. Eigenartig.

Die Frau erzählte mir, dass diese Abteilung zugemacht und danach für andere Geschäfte renoviert würde. („Kein Wunder", dachte ich, „mit der ahnungslosen Verkäuferin ist auch keine Stulle zu verdienen…"`)

Gut, dass eine Freundin mit war. Ohne ihre Ruhe und Gelassenheit hätte ich bestimmt durchgedreht…

Sie spricht ganz gut chinesisch und dazu haben wir dann noch eine Chinesin angerufen, die mit einem Deutschen verheiratet ist.

Sie hat der Dame erklärt, ich würde trotzdem gern diese Uhr kaufen.

Es wurde langsam immer kälter und die Dolmetscherin trieb mit den Verhandlungen den Akku meines Handys in die Knie.

Zuletzt wurde uns gesagt, dass die Techniker sowieso am Nachmittag noch ins Haus kommen, um die Uhren abzuholen (warum hat sie das eigentlich nicht gleich gesagt…?).

Danach war alles gar kein Problem mehr, denn wir haben die Leute sogar noch getroffen. (Sie hatten sogar einen Schlüssel dabei, mit dem man die Standuhr aufziehen kann!) So haben wir das gute Ausstellungsstück für einen sagenhaften Preis bekommen und es wurde uns vorher sogar vorgeführt und erklärt.

Als es dann am Nachmittag gebracht wurde, habe ich beim Aufziehen einen Aufkleber auf der Rückwand entdeckt, darauf steht: „ Made in Germany".

Welch Ironie!

Kleine Dinge

Es sind so viele kleine Dinge, die man am Tag erlebt, bei denen man einfach Schmunzeln muss.

Zum Beispiel, wenn ich an einem Haus vorbeifahre, auf dem sich ein Graffiti-Künstler ausgetobt hat.

Toll, dass er (ganz modern) englisch schreibt, aber wenn er seine Herzensbotschaft statt

„ I LOVE YOU! "   dann   „ I LIVE YOU ! "   sprüht, dann kann ich mir ein Grinsen nicht verkneifen.

Verwirrt war ich, als ich eine Milchtüte aufmachen wollte.

Für jede englische Aufschrift bin ich dankbar, aber wenn nun auf beiden Seiten steht „ Open other side" – da bin ich glatt überfordert!

Der Chinese, den ich nach dem Weg fragte, erklärte mir:

„ …. than you jump on the other side of street."

 (ich stellte mir vor, wie ich gehörigen Anlauf nahm und über eine 4spurige Straße hüpfte…)

Chinesen sind Meister im Beladen – auf jeden Fall!

Japanisch Essen

Am Dienstag habe ich mit meiner Nachbarin (aus diversen Berichten schon bekannt…) eine 8stündige Shoppingtour gemacht.

Weil ich dringend ein Outfit für eine Verabschiedung brauchte, die einen Tag später stattfand und ich keine Ahnung hatte, was ich anziehen sollte.

Nachdem wir in so ziemlich jedem Kaufhaus in der Innenstadt waren und meine Oberschenkel vom vielen An- und Ausziehen schon ganz wund gescheuert waren, gingen wir zur Stärkung in ein Japanisches Restaurant.

Beim Bestellen kam bereits die Vorspeise, Zwiebelringe mit total leckerem Dressing.

Meine Nachbarin war entsetzt!

Das war ja ungekocht!

Auch das Sushi, das ich bestellte, beäugt sie sehr argwöhnisch.

Sie hatte das Gefühl, man wolle sie vergiften.

Ich fragte sie erstaunt, ob sie denn noch nie Sushi gegessen hätte.

„ No!" rief sie entsetzt, als hätte ich sie gefragt, ob sie schon mal nackt durch die Stadt gelaufen sei.

„ We chinese people hate Japanese! "

Na klar, da hatte ich aber mal gar nicht nachgedacht!

Der Hass der Chinesen gegen die Japaner sitzt tief.

Ich brauchte eine Weile, um die rechten Worte zu finden und meinte dann, dass es in Deutschland einen Hitler gab, der ganz fürchterlich grausame Dinge getan hat.

Aber das war nicht meine Schuld.

Und ich bin kein schlechter und böser Mensch.

Ich sagte, meiner Meinung nach gäbe es in jedem Land in der Geschichte einen Herrscher, der schlecht war.

Aber deswegen sind nicht alle Menschen schlecht, die dort wohnen… Darüber hätte sie noch nicht nachgedacht, meinte sie.

Es war ein gutes Gespräch.

Nicht lange, aber ein Anfang.

Sushi hat ihr dann doch ganz gut geschmeckt und als ich ihr sagte, dass der Besitzer des Restaurants Chinese ist und auch die Köche Chinesen sind, die nur japanisch kochen, hatte sie sogar Freude am Japanischen Essen.

Kein Flirttalent

Die Frau vom Peter D. ist sehr charmant und Chinesin.

Und sie hat Freundinnen, die mit dem Besitzer vom Restaurant „Blue Marlin" eng bekannt sind.

Dieser hat in Deutschland Koch gelernt und in Nanjing, Peking und Shanghai Restaurants mit deutscher Küche und deutschem Bier, Cocktails ect. aufgemacht.

Das Nanjinger „Blue Marlin" hatte am Samstag 1-jähriges Jubiläum.

Darum lud der Besitzer alle seine chinesischen Freunde ein und bat sie, die Ausländer mitzubringen, mit denen sie befreundet sind.

 Nette Idee – und sie ging auf.

Der Laden war bunt gemischt und voll. Von 16 bis über 60 Jahre tummelten sich Ausländer und Chinesen um das Buffet, zwischendurch gab der Salsa Club aus dem Obergeschoss eine Tanzeinlage (Neid, wenn ich mich doch auch so bewegen könnte…) und ansonsten spielte eine philippinische Band alte Rocksongs, bei denen wir alle mitsingen konnten.

Schade, dass Michel gerade in Deutschland weilte, denn den Abend hätte er sicherlich sehr genossen.

Ich glaube, es war die gesamte Belegschaft von der Firma anwesend, für die er arbeitet und alle waren gut gelaunt.

Als die Salsa Pärchen tanzten, wurde einigen Leuten so warm, dass die Luft schier knisterte…

Selbstverständlich werde ich hier nicht erzählen, über was ich mich so den Abend über amüsiert habe, aber wer von Euch mal nach Nanjing kommt, sollte auf jeden Fall mal einen Abend im „Blue Marlin" verbringen!

Es war schon weit nach Mitternacht (Dank Cola light war ich sicherlich eine der Nüchternsten auf der Party und hatte absolut meinen Spaß!), da kam ich mit einem Bekannten ins Gespräch.

Interessant war an diesem Gespräch nicht unbedingt das, was gesagt wurde, sondern sein Freund! (Nennen wir ihn A.)

Es gibt Menschen, die guckt man gerne an.

Nicht, weil man mit ihnen irgendwas anfangen möchte, sondern einfach, weil sie eine tolle Ausstrahlung haben, ein sympathisches Lachen oder sonst was.

Während mein Bekannter mir nun irgendetwas erzählt hat (zugegeben, ich habe nicht so genau hingehört, sondern nur ab und zu ein paar Zuhörergeräusche gemacht…) habe ich es stillvergnügt genossen, seinen Freund A. anzuschauen.

Peinlich wurde es erst, als ich etwas erwidern sollte und gar nicht wusste, wovon gerade gesprochen wurde.

„ Ja!" meinte A." Das ist richtig…. Erzähl du uns mal was! Unterhalte uns!"

Wie? – Was? – Ich? – Mist, jetzt hatte ich aber was verpasst.

Ich bemühte mich heftig, irgendwas aus den Fingerspitzen zu saugen und hoffte inständig, dass die Beiden bereits so betrunken waren, nicht zu merken, wie ich herumstotterte…

Leider war nichts von dem, was mir gerade so im Kopf herumging, auch nur ansatzweise zu einem Gespräch zu gebrauchen.

Da waren Gedanken wie:

` Ich habe heute 20 Minuten meine Fingernägel bearbeitet, trotzdem machen sie meine Hände nicht so schön, wie die von der Freundin aus meinem Compount! `

(Ausgeschlossen, so was passte mal gar nicht.)

` Ich muss Jakob morgen mal eine Banane geben, in der Windel war es ziemlich flüssig. `

(Super…Da kann ich gleich eine andere Mutter aufsuchen und Rezepte austauschen…)

`Wenn ich aussehen würde, wie die 5 aufgestylten „Katzen", die vorhin hier hereinkamen und die Männer verwirrten, dann fiele mir bestimmt was ein!`

(Oh Weia, ich merk gerade, wie die Ohren rot werden…)

`Meine Schuhe drücken! `

Der BH–Träger rutscht und ich kann da grad nicht hinfassen! Was ist, wenn mich jetzt einer anrempelt, dann rutscht die ganze B…`

Main letzter Gedanke war noch:

`Ich sollte ganz schnell ein Bier bestellen, dann hab ich was zu tun! `

Dann plötzlich, purzelten die Worte aus meinem Mund, bevor ich überhaupt wusste, was ich da von mir gab - und schon war es zu spät:

„ Ich schau mich gerade nach ein paar guten Chirurgen für ein kleines Lifting um, wisst ihr vielleicht ein paar Adressen?"

(Kreisch! Nein, was hatte ich denn da für einen Quatsch von mir gegeben???)

Oh, Erde tu dich auf, damit ich in dir versinken kann! Konsternierte Blicke von A.

(mein Bekannter ist Arzt…)

Irgendwie rettete dieser dann die Situation mit Witz und ich war ihm endlos dankbar dafür!

Der Flirtfaktor zwischen dem Freund und mir war daraufhin unter Null gesunken.

Dass wir später noch gemeinsam mit einer ganzen Gruppe in die berüchtigte „ Castle Bar" gegangen sind, ist absolut nicht meiner Konversation zu verdanken!

Politik

Nach einem halben Jahr China ist es nun wohl mal Zeit, ein wenig über Politik zu reden.

Leider ist dies ein Thema, zu dem ich absolut unwissend bin, will aber trotzdem versuchen, die momentane Situation zu beschreiben.

Ab und zu sieht man in Deutschland ja, wie die Parteien versuchen, ihre Gelder möglichst im Ganzen in Plakate, Luftballone und Veranstaltungen zu stecken, die mir nach einigen Tagen so was von auf den Geist gehen, dass ich ab und zu mal einem Gesicht auf einem Plakat einen Schnauzbart oder einen Leberfleck auf die Wange male.

Dabei ist es mir völlig wurscht, ob diese Person oder Partei meine Zustimmung findet, ich finde es nur langweilig, dreißig mal hintereinander dasselbe Gesicht zu sehen.

Nach dem Dritten kenne ich bereits jede Falte und nach dem Zehnten fällt mir auf, dass der Friseur bei dem Haarschnitt wohl betrunken gewesen sein musste.

In China bleibt mir derlei Zeitvertreib leider versagt, denn hier gibt es keine Wahlwerbung.

Gut, gemeine Stimmen könnten jetzt natürlich sagen:

„ Wozu auch, in diesem kommunistisch regierten Land kann man sowieso nur eine Partei wählen…"

Erschwerend für die Bürger kommt hinzu, dass nur Angehörige der Partei, der Regierung und des Militär überhaupt wählen dürfen. So hat es zumindest der Michel nachgelesen, als ich ihn zu Informationen zu diesem Thema befragte.

Militär sieht man allerdings kaum hier.

Ab und zu mal eine Veranstaltung, bei der ein paar herausgeputzte Soldaten mit Stolz geschwellter Brust marschieren, doch sonst sind sie nicht sichtbar.

(Vermutlich sind sie alle im Postdienst angestellt, um die ganzen Pakete aufzumachen und zu untersuchen!)

Als ich meine Nachbarin fragte, was sie zu der Politik ihres Landes meint, sagte sie nur ausweichend, es hätte schon schlimmere Zeiten gegeben. Es ist friedlich hier und es hat sich vieles zum Guten gewendet.

Und weil das so gut ist, sollte man ihrer Meinung nach ganz still sein, damit es nicht wieder schlimmer wird.

Ich fragte sie, ob sie denn nicht an der Zukunft ihres Landes mitwirken und auch wählen möchte.

Nein! Rief sie aus.

Sie selber wüsste gar nicht, was denn das Beste wäre, damit kennt sich die Partei einfach viel besser aus, hat ja auch viel Erfahrung.

Die meisten Chinesen seien doch so dumm (das hat sie wörtlich gesagt!)

Man könne doch das Schicksal Chinas nicht in die Hände des Volkes legen, die wissen damit doch nichts anzufangen!

Na ja, selbst für einen politisch so untalentierten Menschen wie mich, ist diese Einstellung sehr befremdlich.

Aber ich glaube fest daran, dass Chinas erwachendes Volk im Laufe der Jahre auch erwachsener wird und ihre Zukunft mitbestimmt.

Frühlingsfest

Endlich! Zugegeben, hier in China ist der Winter viel kürzer und milder gewesen, als in Deutschland, aber für mich sind bereits drei Wochen unter zehn Grad plus eine Tortur!

Ich kann überhaupt nichts Schönes daran finden, wenn das An- und Ausziehen der Kleidungsstücke mehr Zeit in Anspruch nimmt, als der gesamte Spaziergang.

Laufende Nasen und tränende Augen wegen dem kalten Wind, steif gefrorene Finger und Zehen zählen ebenfalls zu den Dingen, die mir kein besonderes Vergnügen bereiten.

Als der Frühling dann mit zarter Hand, noch fast schüchtern an mein Thermometer klopfte, empfand ich dies als ein absolut überfälliges Ereignis und beschloss: Ab heute ist Frühling!

Und weil dies ein Grund zum Feiern ist, lud ich viele Leute zu einer spontanen Frühlingsfete ein.

Gut, auch in dieser Euphorie war mir klar, dass es zu kalt ist, eine Gartenparty zu machen, darum legte ich in die Wohnung einen grünen Filzteppich und stellte die Hollywoodschaukel aus dem Garten direkt vor die Küche.

Am Nachmittag bastelten die Nanny, Jakob und ich dann viele gelbe Tulpen aus Tonpapier, die wir an die Wände klebten und so dem ganzen Raum ein doch sehr frühlingshaftes Ambiente verschafften.

Mitsamt dem kleinen Büffet und zwei Fässchen Bier war es denn auch eine herzliche, kleine Frühlingsfete und es hat Spaß gemacht.

Eigentlich könnte ich hier mal eine größere Fete machen…

Der vollkommene Augenblick

Jetzt, wo die Tage wieder heller werden und die beißende Kälte langsam Vergangenheit wird, spazieren Jakob, seine Nanny und ich öfter mal durch den Seelenpark.

Dieser Park ist ein riesiger Botanischer Garten, in dessen Mitte ein langer Weg führt, der von Steinfiguren gesäumt wird.

Der letzte Kaiser von Nanjing hatte diesen Weg anlegen lassen, damit seine Seele nach seinem Tod hier lustwandeln kann.

Und wirklich, es ist so wunderschön und still und doch so lebendig gestaltet, dass ein Aufenthalt im Seelenpark jedes Mal erholsam vom Stadtleben ist.

Aha, dort ist ein toller Platz für unser Picknick!

Mit dicken Decken und einem schweren Korb mit allerlei Essen bewaffnet schlagen wir unser Lager am Rande einer großen Wiese auf.

Hier gibt es an allen Ecken irgendwelche Plätze zum Picknicken mit kleinen Pavillons und Teichen.

Während ich versuche, den Saft ohne zu kleckern in die Pappbecher zu füllen, beißt Jakob schon mal in jeden der drei Hähnchenschenkel hinein.

Ich nehme ihm die Schüssel weg und gebe ihm dafür ein Sandwich.

Leider kann man einem Zweijährigen aber nicht einfach mal was wegnehmen, darum wirft er das Sandwich auf seine Nanny, die sich mit der Tupperverpackung für den Tomatensalat abquält.

Ich schimpfe, er weint ein wenig, seine Nanny wischt sich die Soße von der Jacke.

Irgendwann sitzen wir jedoch einträchtig in dicke Decken gehüllt und lassen es uns gut gehen.

Ich stecke einige Strohhalme ineinander, um daraus einen ganz langen Trinkhalm zu machen und Jakob versucht, unter wieherndem Gelächter, den Saft zu trinken.

Ich genieße den Augenblick und denke, dass wir für derlei Abenteuer in Deutschland kaum Zeit hatten.

Außerdem ist der Umgang mit Trotzkindern um ein Vielfaches einfacher, wenn man ein fähiges Kindermädchen um sich hat, die die Heldin für meinen Sohn darstellt und er sie heiß und innig liebt.

Während Jakob und seine Nanny auf der großen Wiese Fußball spielen, kuschele ich mich auf der Bank in die Decke ein und horche.

Kein Auto weit und breit.

Ein paar Vögel streiten sich, wer wohl die schöneren Federn hat, um die Vogeldame zu gewinnen, eine Chinesin ruft dem Gärtner irgendwas mit „Essen" zu (mehr habe ich nicht verstanden).

Jakob lacht glucksend, weil die Nanny komische Verrenkungen beim Spielen macht und so tut, als könne sie den Ball nicht treffen.

Ein leichter Wind raschelt durch die Bäume.

Weiter weg, an dem kleinen Teich gackert eine Ente oder irgendein anderer Wasservogel.

Ein wattiger, feister, selbstgefälliger Frieden breitet sich in mir aus und lässt den Rest der Welt völlig wurscht werden.

Die Pflaumenbäume tragen bereits ihre lila Blüten und berichten von dem einen oder anderen Sonnenstrahl, der sich bereits auf ihnen niedergelassen hat.

Wenn der Wind doch noch etwas ungestüm wird und durch die Zweige geht, dann schwebt ein lila Schnee zu uns herunter und setzt sich auf meine Decke.

Ein aufkommender Impuls, ihn mit der Hand weg zu fegen – aber nein!

Zuviel Energie.

Wozu auch?

Ich denke noch kurz darüber nach, dass es viel schöner wäre, sich jetzt an den Michel zu kuscheln und diesen Moment mit ihm zu teilen, dann fallen mir die Augen zu und ich döse zufrieden vor mich hin, bis mein Sohn sich mit einem entzückten Freudenschrei auf mich stürzt und meint, er wolle mich jetzt fressen!

Ein Date

Als Schüler war ich ausgesprochen lernfreudig und neugierig, wenn auch manchmal ein wenig jähzornig, wenn ich nicht die Leistung vollbracht hatte, die ich mir so vorgestellt hatte.

Aber über Unlust am Lernen konnten sich meine Lehrer eigentlich nie beklagen.

Trotzdem, und vor allem wegen mangelnder Praxis, bin ich im Benutzen der englischen Sprache immer eine ziemliche Niete gewesen.

Nun bin ich in China und es ist, durch meine Situation als Mutter zweier Kinder nötig, an der International School mit den Lehrern und anderen Eltern englisch zu reden.

In der Anfangszeit war das echt ein Problem, dass mich in der Babygruppe meist ziemlich still dasitzen ließ, während die anderen Mütter um mich herum wild durcheinander schnatterten.

Eine der Deutschen bat mich um meine Mithilfe zum Ausrichten des „International Days" an der Schule, an dem jedes Land einen Raum unter einem bestimmten Motto herrichten muss.

Um unsere Ideen von der Schulleitung absegnen zu lassen, benötigten wir nun einen Termin bei dem Direktor.

Leider war die Mutter, die sehr gut englisch spricht, sehr in Eile und meinte im Hinausrennen, ich solle bitte noch einen Tag mit ihm ausmachen.

Da stand ich also, und just in diesem Moment kam besagter Direktor durch die Halle marschiert.

In meinem Kopf versuchte ich nun, die letzten, verbliebenen Bröckchen meines Schulenglischs heraus zu kramen und trat mutig auf ihn zu, während mein Puls sich spontan auf 170 beschleunigte.

„Good Morning, Mr. H." sagte ich und strahlte ihn an. Offensichtlich hatte er es eilig, also versuchte ich gar nicht lange, Konversation zu machen und platzte heraus:

„I want to have a date with You! "

Der Direktor der International School of Nanjing antwortete mit einem überraschten:

„What?!"

Irgendetwas in meiner Magengegend sagte mir, dass ich irgendetwas falsch gemacht hatte, denn um seine Mundwinkel zuckte es verdächtig. Dann musterte er mich amüsiert und meinte:

„What a nice idea. It's my lucky day! "

Offensichtlich hatte er das Problem schon lange erkannt und hatte seinen Spaß.

Ich versuchte ihm nun stotternd und mit Händen und Füßen zu erklären, was ich von ihm wollte – nämlich einen Termin mit Susanne und mir.

Gespielt enttäuscht teilte er mir mit: „Oh, You want to have an „appointment"! So, lets go to my secretary."

Inzwischen weiß ich, dass ich ihn damit gefragt hatte, ob er mit mir ausgeht und es ist mir immer noch mörderpeinlich!

Habe aber bereits viel gelernt und werde immer sicherer im Sprechen und Verstehen.

Mal eben in Tsingtao

Zurzeit ist Michel öfter mal geschäftlich unterwegs. Wenn er innerhalb Chinas auf Reisen geht, bietet sich auch für mich die Gelegenheit, eine andere Stadt kennen zu lernen.

Zum Beispiel Tsingtao (gesprochen: Tschintao).

Dieser Name mag nun vielleicht dem Einen oder Anderen bekannt vorkommen.

Richtig: Hier waren die Deutschen mal „Kolonialherren" und haben neben einigen typisch deutschen Häusern und einer Kirche auch noch die Brauerei nach dem deutschen Reinheitsgebot hinterlassen.

Die Stadt liegt direkt am Meer, eine schöne Gelegenheit also, um mal Seeluft zu schnuppern und ein Mittagessen in einem Fischrestaurant zu genießen.

Auch meine Freundin aus dem Nachbarcompount und die Frau von Michels Kollegen flogen mit, denn zu dritt macht so ein Ausflug doch viel mehr Spaß!

Während des einstündigen Fluges wälzten wir die Reiseführer und überlegten, was wir Damen in Tsingtao so alles anschauen wollten, während die Männer sich in ihrem Geschäftsmeeting langweilten.

Das alte Stadtzentrum mit den europäischen Häusern, die Strandpromenade, ein romantisches Kaffeehaus aufsuchen, die Kirche besichtigen, die Brauerei inspizieren, na ja, und natürlich… shoppen!

Unsere Ausflugseuphorie wurde jedoch schnell gebremst, weil Michel meinte, der letzte Flug zurück würde bereits um 14.30 Uhr starten, dass heißt, wir mussten um 13.00 Uhr am Flughafen sein. Da es bereits 9.00 war, als wir aus dem Flieger stiegen, strichen wir schon mal das Brauhaus und die Shoppingtour aus dem Programm.

Die Herren hatten einen Wagen mit Chauffeur bestellt, der uns in die Stadt bringen sollte, die vom Flughafen gute 40km entfernt lag. Wenn er auch direkt dorthin gefahren wäre, hätten wir wohl die Kirchenbesichtigung nicht streichen müssen.

Leider fuhr unser Wagen aber erst noch zur Firma, in der Michel und sein Kollege den Geschäftstermin hatten.

Dort wurde der Wagen gewechselt. Da die Firma ziemlich weit vom Stadtzentrum entfernt liegt, fuhren wir über eine Stunde, bis wir zum ersten Mal das Meer sahen.

Irgendwie hatte der Fahrer wohl Anweisungen erhalten, uns durch die Stadt zu fahren, nicht aber, irgendwo anzuhalten.

Er fuhr und fuhr und fuhr.

Leider an keinem unserer gewünschten Besichtigungspunkte vorbei.

Die waren wohl noch ein ganzes Ende weiter weg. Um 11.15 Uhr waren wir immer noch an der Uferpromenade und zwangen ihn mit vereintem Geschnatter, doch endlich mal anzuhalten!

Seeluft! Endlich!

Jetzt blieben uns noch 45 Minuten, den hölzernen Steg am Meer entlang zu hasten, die Burg des Gouverneurs zu besichtigen, die er sich direkt am Strand gebaut hatte, ein paar überteuerte Souvenirmuscheln zu erstehen und die neun Brautpaare zu bewundern, die sich dort zu Fototerminen aufgestellt hatten.

Dann fuhren wir zurück zum Flughafen, um dort die Männer zu treffen und nach Nanjing zurückzufliegen.

Trotzdem wir nichts von dem gesehen haben, weswegen wir eigentlich dorthin geflogen sind, hatten wir jede Menge Spaß und es war ein toller Ausflug.

Dauerwelle

Wenn es draußen Frühling wird, das ist bekannt, dann schlagen die Bäume aus, die Männer benehmen sich im höchsten Grade albern und die Frauen kommen auf unvernünftige Wünsche.

Eigentlich wollte ich mir beim Friseur nur die Haarspitzen schneiden lassen.

Aber dann dachte ich, es wäre doch nicht schlecht, sich mal wieder neu zu erfinden, mal ganz anders – viel besser nämlich, auszusehen.

Locken!

Warum sollte mir denn eine Dauerwelle nicht zu Gesicht stehen, wäre auch nicht die erste meines Lebens…

Mit Hilfe meines Wörterbuches und einem Foto erklärte ich dem Friseurteam meine Wünsche und versetzte den Laden (ich war der einzige Kunde) in rege Geschäftigkeit.

Der Friseur wollte mich davon abbringen, weil eine Dauerwellflüssigkeit von „Wella"

(Super, die Marke kenn ich wenigstens!) doch so teuer sei!

Er zeigte mir verschiedene Bilder mit schicken (und teilweise unmöglichen…) Kurzhaarfrisuren, ich blieb jedoch bei meinem Wunsch, er solle mir eine Dauerwelle machen.

Also wurde ich in den Nebenraum geführt zum Haarewaschen.

Das Mädel plauderte auf mich ein und bekam vor Aufregung ganz rosige Wangen, während sie mir derart hingebungsvoll den Kopf massierte, dass ich das Gefühl hatte, sämtliche Haare schon vorher zu verlieren.

Dann ging es zurück in den Salon.

Vier (!) Frauen in weißen Plastikschürzen standen bereit, daneben ein Wägelchen mit Utensilien.

Auch der Friseur selbst hatte sich einen weißen Kittel angezogen.

Ich hatte den Eindruck, es ginge um eine Operation.

Ganz langsam schwante mir, dass man in China nicht allzu häufig Dauerwellen macht und dachte kurzzeitig darüber nach, den Laden ohne Locken zu verlassen.

Innerlich schalt ich mich aber einen Hasenfuß und dachte mir, abschneiden kann man Haare ja immer noch.

Dann begann das Abenteuer:

Der Friseur selbst wickelte nicht, sondern suchte die Wickler aus.

Die erste Frau nahm einen Klumpen zusammengepappter Papierchen, mit denen die Haarspitzen geschont werden sollen.

Diese Papiere sind in Deutschland zum einmaligen Gebrauch bestimmt, hier jedoch werden sie von Hand ausgewaschen und wieder benutzt.

Die zweite Frau wusch jeden Wickler einzeln ab, den der Friseur ausgesucht hatte und reichte sie an die Wicklerin weiter.

Das vierte Mädchen trocknete die Papierchen einzeln ab und reichte sie ebenfalls der Frau, die die Haarsträchen hochkonzentriert aufrollte.

Sie wollte offensichtlich ganz sicher gehen, dass die Dinger nicht wieder aufgehen und wickelte so fest, dass ich ein paar Mal vor Schmerzen aufschrie.

Die Gruppe war aber wohl der Meinung, das muss so sein und amüsierte sich über meine Wehleidigkeit.

Und alle 5 Chinesen waren am Schnattern – und zwar laut!

Ich stellte mir vor, wie mein „Haus- und Hoffriseur" Frank wohl schauen würde…

Vermutlich hätte er den Laden schon fluchtartig verlassen! Nach etwa einer Stunde waren sie fertig - ich auch.

Die Dauerwellflüssigkeit (deren Bedienungsanleitung der Friseur sich während des Eindrehens gut durchgelesen hatte), war zu Beginn der Aktion in den Kühlschrank gestellt worden.

Jetzt war ich froh darüber, denn meine Kopfhaut brannte derart, dass die Kälte beim Auftragen ein wenig Linderung schaffte.

Der beißende Geruch erinnerte mich an Friseurbesuche während der Kindheit, damals hatte es in den Salons auch so gerochen.

Ich hoffte inständig, die Dauerwellflüssigkeit sei nicht genau so alt…

Richtig Angst bekam ich, als der Friseur mit dem Stolz eines Sportwagenbesitzers die Trockenhaube in den Raum fuhr:

„Haube" ist allerdings untertrieben, denn die Kuppel hatte einen Durchmesser von fast einem Meter und war für den ganzen Oberkörper vorgesehen.

Mehrere Kabel wurden angeschlossen und die vier Damen stellten sich mit respektvollen Blicken neben meinem Stuhl auf.

Das tiefe Brummen, als der Friseur die Maschine startete, breitete das mulmige Gefühl in meinem Magen noch weiter aus und als dann auch noch Wasserdampfschwaden aus dem Inneren emporstiegen, schrieb ich eine SMS an Michel, um ihm mitzuteilen, wo er meine sterblichen Überreste später finden könne.

Zehn Minuten unter der Glocke hatten nicht nur den Erfolg, dass meine Kleidung feucht wurde, sondern hinterließ für mehrere Stunden ein Pfeifen im Ohr, als hätte ich einen Besuch in der direkten Einflugschneise eines Großflughafens gemacht.

Ich war der festen Überzeugung, dass nicht ein einziges Haar diese Behandlung überleben würde und wollte nach 20 minütiger Einwirkzeit den beißenden Gestank loswerden, weil meine Augen tränten und es im Hals kratzte.

Es war mir inzwischen auch völlig egal, ob ich Locken bekam oder nicht!

Ich klopfte von innen an die Glocke, während ich vergeblich versuchte, mich zu befreien

(das muss von Draußen recht amüsant ausgesehen haben, wie sich Jemand in dem Ding windet, während man außen den Menschen nur ab dem Bauchnabel sehen kann.).

Beim Auftauchen stellte ich fest, dass jetzt auch die unvermeidlichen Neugierigen in der Nähe standen, die mit offenem Mund das Geschehen betrachteten.

Die nötigen Informationen, was gerade passiert, wurde ihnen lang und breit von meinen vier Damen mitgeteilt.

Ich war froh, dass ich einen Moment entkam, denn die Wickler wurden im Nebenraum abgespült.

Dann wurde (die ebenfalls kaltgestellte) Fixierflüssigkeit aufgetragen und während dieser Einwirkzeit durfte ich einfach mit dem Kopf im Waschbecken liegen bleiben...

Eine Dame massierte mir die Schultern, die andere die Füße.

Dann kam der Friseur.

Mit ernster Miene, wie der Doktor beim Verband-Abnehmen, entfernte er nach dreistündigem Leiden die Malträtierwerkzeuge und die Haare wurden wieder gewaschen.

Meine Kopfhaut fühlte sich an, als wäre sie auf die doppelte Fläche erweitert und ich war sicher, dass sie mir in wulstigen Kaskaden um das Gesicht wabbern würde.

Der Friseur freute sich über das gute Ergebnis und fönte die Haare trocken.

Das alles geschah im Nebenraum.

Dort gibt es keinen Spiegel.

Ich war gespannt.

So ungefähr stelle ich mir das Gefühl vor, wenn in der Fernsehsendung „The Swan" die Frauen nach mehreren Schönheits-OP`s und Monaten das erste Mal wieder in den Spiegel schauen dürfen und dort etwas Unfassbares sehen...

Egal, was ich erwartet hatte, nichts hätte mich auf das vorbereiten können, was mir im Spiegel entgegenstarrte:

Die feuchte Kleidung klebte durchsichtig am Oberkörper, das hochrote Gesicht durch die verschmierte Wimperntusche unter der Trockenhaube schwarz entstellt, der Kopf im

Afrolook (der dem Werbecover von „Hair" recht ähnlich war!) dunkel umrahmt.

Jedes einzelne Haar drehte sich in mehreren Minilöckchen um sich selbst und stand in der ihm eigenen Richtung vom Kopf ab.

Ich fühlte mich nicht nur wie ein begossener Pudel – ich sah auch so aus!!!

Das war der einzige Moment, in dem es im Salon still war.

Um meine Fassung wiederzugewinnen, ging ich noch einmal in den Nebenraum und wusch mir die verschmierte Wimperntusche ab.

Der Friseur folgte mir, beglückwünschte mich zum neuen Aussehen und strahlte über seine gekonnte Arbeit.

Er war ganz offensichtlich davon überzeugt, ich hätte es genau so haben wollen...

Mit dem Photo, welches ich ihm zuvor gezeigt hatte, hatte diese überdimensionale Schambehaarung allerdings nichts zu tun!

Ich rang mir gequältes Lächeln ab, bezahlte und fragte mich, wo ich ganz schnell eine braune Papiertüte herkriegen könnte, die ich mir für den Heimweg auf den Kopf setzten konnte.

So flüchtete ich also mit meinen neuen Locken schnellstmöglich zu nächsten Taxi, um mich herum eine Wolke von beißendem Dauerwellgestank.

Osterglaube

Es ist April.

Während in Deutschland der Winter nicht gehen will und die Krokusse sich hartnäckig weigern, ihren Kopf aus dem Schnee zu stecken, blüht und grünt es hier in Nanjing.

Überall sind die Sprinkler-Anlagen auf den Rasenflächen installiert, damit das Gras nicht gleich verbrennt, sobald es die ersten Halme empor gestreckt hat.

Es ist die beste Zeit, Ausflüge zu machen, denn die Temperaturen sind so um die 20 bis 25 Grad und es regnet nicht zu oft.

Außerdem gibt es im Augenblick überall Unterhaltung: Dinnerabende, Abschiedfeiern, Spendenabende für wohltätige Organisationen, rauschende Geburtstagsfeste und dann war da auch noch: Ostern!

In China selbst wird das Osterfest gar nicht gefeiert, da sich die Christen ja in einer ziemlich kleinen Minderheit befinden.

Wir Ausländer wollten aber trotzdem an unseren Feiertagen festhalten und darum habe ich am Ostersonntagmorgen um 8 Uhr schon die Schokoladeneier im Garten verteilt.

Beim Frühstückmachen fragte ich mich dann, ob die Katzen aus der Nachbarschaft ihre Pfoten davon lassen würden und ob die Eier schon geschmolzen sind, wenn die Kinder aufstehen, denn es waren um 8 Uhr bereits 19 Grad.

Das Frühstück im Garten hatte dann auch ein wenig von der Rama-Werbung und es fiel uns in einer so schönen und entspannten Atmosphäre schwer, uns daran zu erinnern, warum wir überhaupt Ostern feiern und das die Kreuzigung von Gottes Sohn ja nicht gerade die Schokoladenseite unserer menschlichen Existenz ist!

Als ich mich in meinem Stuhl zurück lehnte und meine Familie beobachtete, wurde mir wieder bewusst, was für ein Geschenk mir Gott da gemacht hat!

Da sitzt die junge Dame mit ihren fast 16 Jahren, schaut mit neugierigen Augen offen in die Zukunft.

Ohne Misstrauen, ohne Angst.

Mit einem Selbstbewusstsein, das manchen Männern den Puls höher treiben wird, wenn sie sich erst mal auf die Jagt begibt; und einem Willen, dem man sich besser nicht entgegenstellt.

Und doch so sensibel, tolerant und warmherzig, dass man ihr (fast…) alles verzeiht!

Der kleine Blondschopf, mit dem Marmeladen-Schokoladen-verschmierten Mund, der freudestrahlend seine klebrigen Finger an meiner Hose abwischt, während er vom Stuhl klettert.

Er muss auf jeden Fall noch mal den Garten absuchen, ob er nicht doch noch was findet!

Dieses quirlige Wesen, der nach dem ersten Augenaufschlag am Morgen bereits ein Lachen im Gesicht hat. Ein Freigeist, der jeden Tag ein neues Stückchen Welt für sich entdeckt.

Michel, mit seinen blauen lachenden Augen, der versucht, unsere Geschicke mit viel Umsicht zu leiten.

Der sich jede noch so abstrakte Idee anhört und ernst nimmt.

Der albern und ernst sein kann, unser Leben in den Fugen hält und ab und zu von mir gerettet werden muss.

An dem mir so viele Kleinigkeiten vertraut sind.

Die Art, wie er den Kopf hebt, wie er sich an- oder auszieht, die Falten auf seiner Stirn, wenn er nachdenkt oder sich konzentriert, wie er geht oder tanzt, die Melodie in der Stimme, wenn er meinen Namen ruft.

Am Ostersonntag morgens im Garten, die Nachbarn rufen fröhlich ein „Ni hao!" zu uns herüber, die Kaffeetasse unter der Nase, die Sonne warm im Gesicht, da war es mir plötzlich völlig egal, was wann wo mal gewesen war, ich war einfach nur zufrieden und glücklich über diesen Moment.

Ich beschloss, kein schlechtes Gewissen zu haben, weil ich nicht das Frühstück verlassen wollte, um in die Kirche zu gehen.

Sondern lud in Gedanken einfach Gott mitsamt seinem Hofstaat zu uns an den Kaffeetisch ein, vielleicht hat er ja auch

Lust, mit uns zu seinem Gedenken zu feiern, egal ob wir in seinem Haus sind, oder er in unserem.

Vermutlich wird unser Lieblings-Vertrauter Pfarrer jetzt die Nase rümpfen und feststellen, dass da auch ein großer Teil Bequemlichkeit hinter meinen Gedanken gesteckt hat...

Stimmt ja auch.

Wir haben trotzdem mit ihm gefeiert, wenn auch in einer „Mini-Gemeinde" – aber von Herzen und ohne Orgel.

Und ich denke, der eine oder andere Engel hat wohl schmunzelnd auf der Stuhllehne gesessen, über unsere nicht vorhandene Bibelfestigkeit gelacht und sich gesagt, dass es auch ungläubigere Osterfeiern geben könnte...

Frauenprobleme

Es wird wärmer! Wirklich mal Zeit, die wunderschönen Kleider und Röcke spazieren zu führen, die mir der Schneider gemacht hat. Und damit man darin auch wirklich gesehen wird, macht man eine ausgedehnte Shoppingtour.

Weil ich viel Wasser getrunken hatte, verspürte ich nach einer Weile ein dringendes Bedürfnis, dieses wieder heraus zu lassen.

Mein erster Gedanke war das Mc Donalds- Restaurant. Aber es war Mittagszeit, und vor dem Restaurant stand bereits eine lange Schlange an, um überhaupt hinein zu kommen.

Beim Pizza Hut bot sich dasselbe Bild.

Inzwischen wurden meine Schritte schon trippeliger und die Zeit drängte.

Also ging ich in das nächste Kaufhaus.

Die Verkäuferin verstand aber nicht, was ich von ihr wollte, Schilder gab's nur auf Chinesisch. Ich ging in die Hocke und versuchte nachzumachen, ich säße auf dem Klo.

Offensichtlich bin ich kein „Scharade-Talent", sie sah mich nur völlig verwirrt an.

Ich ging zur Kasse, angelte mir einen Stift und einen Zettel vom Quittungsblock und malte eine Kloschüssel.

Wieder kein Erkennen.

Da fiel mir ein, dass die meisten Toiletten kein Sitzklo haben. Aber wie malt man denn ein Stehklo? Dann schrieb ich hilflos die Buchstaben WC – und sie verstand! Im buchstäblich letzten Moment erreichte ich den Ort der Erleichterung.

In den Stehklos stinkt es meist ziemlich. Nicht nur nach Urin, sondern auch nach kleinen, gerollten Räucherstäbchen, mit denen die Kakerlaken ferngehalten werden sollen.

In diesem Abort war es besonders schlimm und ich beeilte mich, um dem Geruch zu entkommen.

Geschafft! Hände waschen und raus!

Ein Blick auf die Uhr: Super, grad noch rechtzeitig, denn ich war mit zwei Bekannten zum Mittagessen verabredet.

Also befreiten Schrittes wieder durch das Kaufhaus zurück.
Ich muss sehr beschwingt geschritten sein, denn die Menschen wandten sich zu mir um lachten mich an.

Ich lachte und grüßte zurück, denn ich war gut gelaunt.

Auch die Verkäuferin, die mir den Weg zur Toilette gezeigt hatte, winke mir lachend zu.

Ich dachte noch: Wie freundlich die Leute heute sind – und setzt meinen Weg fort.

Raus auf die Fußgängerzone, diese hinauf, bis hin zu dem (wirklich noblen) Restaurant, in dem die beiden Herren bereits warteten.
Ich schwebte durch die Eingangshalle und auch hier folgten mir alle Blicke. Klar, so was beflügelt das weibliche Ego.

Nur meine Bekannten schauten etwas eigenartig. Nach einem schnellen „Hallo!" fragte der eine:

„Ähem, ich weiß nicht, ob das vielleicht so gehört, aber in deiner Unterhose ist ein Loch."

Was war passiert?

Beim raschen Ankleiden auf der Toilette war mein Rock oben im Gummizug des baumwollenen dunkelblauen Liebestöters hängen geblieben.

Und weil das besagte Stück nicht mehr ganz neu war, prangte ein ca. 1 Euro großes Loch direkt auf meiner linken Pobacke jedem Betrachter entgegen!

Wo sind eigentlich für solche Momente die Löcher, in die man möglichst schnell versinken kann???

Wir haben Ferien!

Am letzten Samstag war eine große Spendenveranstaltung an der International School.

Weil unsere Tochter Frederike auch mitgehen sollte, haben wir Jakobs Nanny als Babysitter engagiert.

Sie kam auch pünktlich, während wir alle noch mit umziehen, rasieren und schminken beschäftigt waren.

Ich überlegt gerade, welcher Lidschatten farblich am besten mit meinem Kleid harmoniert, als Frederike mit einem seltsamen Gesichtsausdruck ins Badezimmer kam.

„Mama? Ich dachte, wir wollten keine Tiere mehr…?"

Ein ganz flaues Gefühl breitete sich im Zeitlupentempo in meiner Magengegend aus.

Erinnerungen an Pepe, den kleinen Hund, wurden wach. An Krätzmilben, Quarantäne, Hausdesinfektion, Hautärzte in Hongkong…

„ Jaaaaaa?" fragte ich vorsichtig." Daran hat sich auch nichts geändert…"

Frederike schaute mich noch mit einem zaghaften ´Wie-sag-ich-es-meiner–Mutter? –Blick ` an,

als ein kolossal aufgeregter Jakob bereits die Treppe empor gestürmt kam:

„ Mama! Nanny hat ein Häschen mitgebracht!!!"

Ein tief empfundener gestöhnter Seufzer entrang sich meiner Kehle.

Oh nein, bitte kein Haustier!

Wenige Minuten später standen wir (mit einem gezwungenen Lächeln) um den winzigen Käfig mit dem noch winzigeren weißen Zwergkaninchen herum.

Jakob und seine Nanny fütterten ihn bereits mit Möhren und Salat und es stand bereits völlig außer Frage,

das Tier wieder zurückzugeben, ohne damit Jakobs Kindermädchen bis ins Mark zu verletzen.

Michel und mir kam es so vor, als erlebten wir gerade ein Mega- Deja Vu, als Rike fragte:

„Können wir den nicht behalten?"

Im Grunde blieb uns gar nichts anderes übrig, als zuzustimmen.

Ich kann nur hoffen, dass die kleine, weiße Fellkugel keine Krätze, Flöhe oder anderes Getier hat, mit dem es uns krank machen kann!

Mit einem ergebenen Seufzer wandte ich mich an meinen Sohn, der hingebungsvoll die Salatblätter in den Käfig steckte und fragte ihn: „Na, wie soll denn dein Häschen heißen?"

Jakob überlegte einen Moment ernsthaft und antwortete laut und entschlossen:

„Ferien!"

Nun ist „Ferien" bereits seit einigen Tagen bei uns. Eigentlich ist es ein angenehmer Zeitgenosse, denn er macht keine Geräusche, muss nicht Gassi- gehen und ich habe seit einigen Tagen richtig Appetit auf Kaninchenbraten…

Wir sind übrigens nicht die einzigen Kaninchenbesitzer: Viele chinesische Kinder bekommen um diese Zeit weiße Kaninchen geschenkt und ich habe von einigen ausländischen Familien gehört, bei denen die Nanny ebenfalls eines mitgebracht hat. Vermutlich bringen sie den Kindern Glück…

Eines steht jedenfalls fest: „Ferien" hatte wirklich Glück, denn er darf bleiben!

(Jedenfalls so lange, bis er „Kochtopfgröße" erlangt hat ☺)

Alptraum Handwerker

Frederike freute sich schon seit längerer Zeit auf einen Vorhang, der Ihren Schlafbereich vom Rest des Zimmers abtrennte.

Am Sonntag waren wir darum im Gardinenmarkt, um den Stoff auszusuchen.

Heute, Dienstag, kamen nun um

13.00 Uhr zwei Herren dieser Firma, um Gardinenstange und Vorhänge anzubringen.

Vorsichtshalber blieb ich im Raum, damit die auch so angebracht werden, wie Rike sich das vorgestellt hat.

Ich wies die Beiden auch darauf hin, dass es meiner Meinung nach sehr gewagt ist, so nahe an der Steckdose zu bohren… sie lachten jedoch nur.

Als das Licht im Raum ausging, war ich eigentlich froh, dass das Tageslicht durch die Fenster vermied, mit den beiden Männern im völligen Dunkel auf Frederikes Bett zu sitzen.

So gut aussehend waren sie nämlich nicht, dass ich mir das vielleicht hätte vorstellen mögen.

Außerdem hatte der Ältere von ihnen bereits beim Einatmen Mundgeruch…

Nach einem Moment des Staunens betätigten sie mehrmals den Lichtschalter, dann war es klar: die Lampe ist kaputtgegangen!

Wie bitte?!

Ich versuchte zu erklären, dass nicht die Lampe kaputt ist, sondern die Herren mit ihrem Bohrer die Leitung getroffen haben! Aber gegen diese Einsicht wehrten sich beide vehement.

13.30 Uhr: Ich rief Jakobs Nanny, die griff gleich zum Hörer und rief unsere Sicherheitsleute vom Compount an, damit schnell ein Elektriker kommt.

Jetzt wurde meinen beiden Hobbybohrern mulmig und sie versuchten, sich klammheimlich aus dem Staub zu machen – mit den Gardinen! Die Nanny und ich rannten hinterher und stoppten sie mit ihrem Motorrad keine zehn Meter vor dem Haus, Nanny nahm ihnen die Stoffe ab, ich zog den Zündschlüssel aus dem Mopet, die Jungs fingen an, mich anzuschreien und tobten und zeterten.

Die Straße füllte sich mit Neugierigen…

Jakobs Nanny schrie sie auf Chinesisch an und war ihrerseits auch sehr ungehalten über das Benehmen der Männer.

Seit ich alle meine chinesischen Nachbarn zu meiner Geburtstagsfeier eingeladen hatte, stehen diese voll auf meiner Seite und fingen nun an, auf die Handwerker zu schimpfen, so dass diese nach einiger Zeit von allein zurück zum Haus gingen.

14.00 Uhr: Der Elektriker kam und fand heraus, dass die Lampe intakt war, nur die Leitung ist durchbohrt worden (ach, nee…)

Er griff nach seinem Handy und orderte Verstärkung an, die immerhin nach nicht einmal 5 Minuten anmarschierte.

Und zwar in Gestalt von zwei Maurern mit einem 20 Kilo Sack Zement, Hammer, Meißel, Kellen und Eimern.

Immerhin hatten sie Hausschuhe dabei – grün, mit Nilpferden drauf!

14.30 Uhr Ich hatte das vage Gefühl, dass die Gardinenjungen heute nicht mehr gebraucht werden und schickte sie nach Hause, wohin sie denn auch wie zwei geprügelte Hunde verschwanden.

15.00 Uhr: Das durchdringende Hämmern verursachte nicht nur Kopfschmerzen, sondern auch ganz schön viel Staub!

Ich hielt mir ein Taschentuch vor den Mund und kämpfte mich durch die Wolke, die sich inzwischen durch das ganze Haus zog. Frederikes Zimmer glich einer Großbaustelle:

Die Maurer hatten (unter Aufsicht des Elektrikers) die Wände aufgestemmt, von der Steckdose bis zur Deckenlampe!

Natürlich ohne vorher irgendetwas abgedeckt zu haben, die Lampe befindet sich direkt über Frederikes Bett – der ganze Dachboden war völlig verdreckt.

Auf ihrem Teppich saß der Elektriker, schnitt das neue Kabel auf die richtige Länge und lächelte mir aufmunternd zu, während ich sprachlos daneben stand und mir dieses Szenario anschaute.

Die Mauerer hatten wohl gedacht, mein Mund stünde vor lauter Bewunderung offen und legten sich nur noch immenser ins Zeug.

Bald brachen aus der Decke Mörtelstücke in der Größe einer Cola-Dose und fielen mit dumpfem Poltern auf Rikes ehemals hellgelbe Bettecke.

Habt ihr schon mal einen Maurer mit Hammer in der Hand auf einem Bett hüpfen sehen, mit Nilpferd-Hausschuhen an den Füßen, während er die Decke demoliert?!

Wenn ich das in einem Theaterstück inszeniert hätte, hätte man mich für solche Phantasie ausgelacht!!!

15.30 Uhr: Ich fügte mich in ein unbestimmtes Schicksal und wankte nach unten, um für Frederike das Bett im Gästezimmer zu beziehen.

Es war völlig ausgeschlossen, dass sie heute Nacht in ihrem Zimmer schlafen konnte. Weil Jakob schon die ganze Zeit hustete, schickte ich ihn mit seiner Nanny auf den Spielplatz und verzog mich selbst in die Bibliothek.

16.00 Uhr. Ich wartete die ganze Zeit darauf, dass von dem Fenster Stücke der Außenmauer herab fielen oder wenigstens ein paar Schindeln.

In meiner Vorstellung konnte ich jetzt vom Garten aus miterleben, wie unser Dachboden in eine Terrasse verwandelt wird oder wenigstens um ein Stockwerk angehoben wurde. Vielleicht mit einem Türmchen mit Zinnen oder so.

16. 20 Uhr: Das Hämmern hatte aufgehört.

Nach einigen Minuten der Stille öffnete ich vorsichtig die Tür.

Es war wie ein Zeitsprung, als ob ich diesen Raum seit zwei Jahren nicht betreten hätte, es lag auf allem eine dicke Schicht grauen Staubes.

Wer schon einmal ein Haus renoviert oder gebaut hat, weiß, wie frischer Mörtel riecht; so roch das ganze Haus (weiß der Geier, was die für Baustoffe verwenden – ich bin sicher, ich will das gar nicht wissen…).

16.30 Uhr: Ich hatte bereits den Staubsauger in der Hand, als die Mauerer und der Elektriker sich auf den Heimweg machten – die Arbeit war vollbracht – die Lampe funktionierte wieder!

Ich hatte noch eine halbe Stunde, (bis Jakob und seine Nanny wiederkamen) um das Haus in einen bewohnbaren Zustand zu bringen.

17.00 Uhr: Nach drei gewechselten Staubsaugerbeuteln klebte mir grauer Schweiß am Körper, meine Lungen schmerzten.

Aber immerhin brannte es nicht mehr beim Luftholen.

Jetzt sitze ich völlig fertig an meinem Computer und warte auf Rikes Heimkehr…

Ich bin gespannt, was passiert, wenn die Gardinen-Handwerker morgen wiederkommen, um Frederikes Vorhänge nun wirklich anzubringen!!!

Chinas Erben

Als ich Kind war, wuchs ich in einer kleinen Stadt im Harz auf. 5 km neben uns verlief „die Grenze", dahinter gab es für mich kein Land, weil wir da nämlich nur unter großen Schwierigkeiten überhaupt mal meine Großtante besuchen durften.

Ostdeutschland selbst habe ich nie kennen gelernt.

Inzwischen gibt kein Ost mehr.

Der Kommunismus hatte das vor Ressourcen strotzende Land als Zankapfel heruntergewirtschaftet und hinterließ nach der Öffnung der DDR ein wirtschaftliches Ödland, das sich nur schrittweise wieder erholte.

Wenn ich mir vorstelle, was in China in den letzten Jahrhunderten alles so passierte, und dann mit der jüngsten deutschen Geschichte der letzten 30 Jahre vergleiche, wiederholt sich Geschichte eben doch immer wieder – gut, in unterschiedlichen Dimensionen!

Das chinesische Volk ist so lange Zeit von verschiedensten Herrschern und Regierungen versklavt worden, bis es so weit gebrochen war, dass es keinen eigenen Willen mehr aufbringen konnte, um seine Geschicke selbst mitzubestimmen.

Und dann kam Mao.

Durch indoktrinierte Denkweise und aufgedrückte Parolen, durch Angst vor Folter mundtot gemacht , haben Millionen Chinesen versucht, das Positive für sich herauszuholen, bis jeder den Anderen angezeigt hat, nur um ein paar Tage länger zu leben.

Was für ein gigantisches Mahlwerk der Macht hat hier seine Zähne tief in die Seelen der Menschen geschlagen!

Menschen, denen ich täglich gegenüberstehe, haben diese Zeit als Teenies oder junge Erwachsene erlebt.

Die Mutter meiner Nachbarin (heute 59 Jahre alt) erzählte, wie ihre Schwester während der Hungersnot gestorben war.

Sie (damals 15 Jahre) hatte an ihrem Bett gesessen und das Gesicht des Mädchens war so ausgemergelt, dass die

Schwester Angst hatte, die Augen würden aus den Höhlen fallen.

Das Kind starb mit 5 Jahren.

Sie hatten ständig Durchfall, weil sie Wasser tranken, das aus der Fabrik kam. Dort wurde irgendwas mit Stahl gemacht, mehr weiß sie nicht.

Sie kann sich erinnern, dass es überall ganz doll sauber war, weil sogar das Gras gegessen wurde, das aus den Ritzen der Pflastersteine emporwuchs.

Ihr Bruder passte auf seine Schwestern auf, weil die Eltern nur selten daheim waren – sie mussten arbeiten.

Für die Familie oder gar einen geregelten Alltag gab es keine Zeit.

Die Kinder waren die meiste Zeit auf sich allein gestellt. Der Bruder wurde getötet, bei einer Kampagne gegen die „Bürgerlichkeit", ausgerechnet von seiner eigenen Gruppe.

Auch sie selbst hat ihre Lehrerin verprügelt und sie beschimpft.

Heute tut ihr das leid – sagt sie.

Keine Ahnung, ob sie überhaupt ein Empfinden für Gut und Böse hat.

Hatte das zu dieser Zeit denn überhaupt noch Jemand?!

Zu einer anderen Schwester hat sie seit damals keinen Kontakt mehr, diese war mit 11 Jahren von einem jungen Mann „angegriffen" worden. Die Abtreibung zahlte der Staat, wie heute auch.

(Abtreibungen sind an der Tagesordnung in einer Gesellschaft, in der man nur ein Kind bekommen darf.)

Die Familie war sich jedoch bewusst, dass ein „ausgelatschter Schuh", wie man Mädchen nannte, die schon früh Sex hatten, eine Schande für die Familie war.

Jeder wusste es schließlich, kein Mann wollte mit ihr oder den anderen Schwestern was zu tun haben.

Darum schickte man das Kind in irgendein Dorf aufs Land. Eine Anzeige gab es nicht – der junge Angreifer trug eine Uniform.

Es gab keinen Schulunterricht, gebildete Menschen galten als Bedrohung für China.

Die Kulturrevolution, die irrsinnigste Idee, von der ich je gehört habe!

Alles Alte, jede Tradition sollte ausgemerzt werden, sollte verschwinden!

Bücher wurden verbrannt, Denkmäler, Tempel, Kulturgegenstände, Teehäuser, Spiele, Blumen – alles wurde zerstört, um es Mao recht zu machen, weil die Menschen stumpfsinnig gefolgt sind in ihrer Verehrung für ihn.

Die Regierung knechtete das Volk bis hinauf zu den großen Parteifunktionären, es wurde vor nichts halt gemacht, je grausamer, desto besser.

Es gab nichts Privates, Freies mehr.

Kein Rückzug, alles wurde gehört, erfahren, weitergemeldet.

Eine gigantisches Big Brother Show mit schwarzem Hintergrund.

Wie viele Millionen Menschen in dieser Zeit starben, wird niemals herauszufinden sein.

Durch Hunger, Mord, Krankheiten, Folter, Verfolgung, Erschöpfung und Selbstmord.

Und heute, 2006, lebe ich in genau diesem Land und treffe jeden Tag Menschen, die diesen Wahnsinn überlebt haben.

Es sind die Ladenbesitzer, die Mütter und Großmütter, die Manager, die Polizisten.

Ich frage mich, ob ich Mitleid empfinden soll.

Bin mir aber nicht sicher, denn unschuldig war in dieser Zeit niemand.

Es wäre unmöglich gewesen, „nur" Zugucker gewesen zu sein. Wer nicht mitschrie, dem ging es schlecht.

Und „Untergrundorganisationen" hatten auch nicht wirklich eine Chance.

Außerdem war ihnen die Fähigkeit zu denken ja seit mehr als hundert Jahren abtrainiert worden!

Ich habe Mitleid mit dem verkrüppelten Geist der Menschen, die das Denken nie lernen durften.

Den vergewaltigten Seelen, die mit Begriff „Menschlichkeit" nichts anfangen können, weil sie es nie kennen gelernt haben.

Ich freue mich zu sehen, dass die jetzige Generation Studenten offensichtlich ihre Chance ergreift, von diesem Pfad abzuweichen.

Sie stellen Fragen zu ihrer Vergangenheit.

Zögerlich noch, mit viel Misstrauen, aber immer öfter.

Sie hinterfragen ihr System, wenn auch nur in kleinen Zuckerbrocken.

Sie streben nicht mehr nur nach Wissen, sondern nach Individualität.

Na ja, noch nicht viele, aber ein paar Studenten habe ich schon gesehen, die bei Sonnenschein einfach auf der Wiese liegen (unter einem Baum, versteht sich, denn man darf ja nicht braun werden!).

Vor ein paar Jahren wäre das noch undenkbar gewesen, denn man benutzt die Zeit seines Lebens nicht zum Faulenzen, sondern zum Lernen!

Ich bin gespannt, was sich da in den nächsten Jahren noch alles tut.

Nachtzug nach Peking

Wenn man Besuch bekommt, ist das ein toller Grund, sich selbst vom Alltag frei zu machen und das Land gemeinsam anzuschauen.

Also nahmen wir den dreiwöchigen Besuch meiner Mutter als Grund genug, uns endlich mal die Hauptstadt Peking anzuschauen.

Wie groß China wirklich ist, erkennt man wohl erst, wenn man darin herumreist, denn Peking ist (obwohl auf der Karte nur ein Katzensprung…) immerhin mehr als 1000 km entfernt.

Es gibt einen Nachtzug mit Schlafwagen, der von Nanjing bis Peking ohne Stopp durchfährt.

Super Gelegenheit, denn meine Mutter mag das Fliegen nicht sonderlich.

So fanden wir uns also abends um 9.00 Uhr am Bahnhof ein.

Dort geht es zu wie auf einem Flughafen. Bevor man das Gebäude betreten darf, werden die Taschen durchleuchtet.

Und beim Eintreten in die Wartehalle wird das gültige Ticket schon mal kontrolliert.

Dort sitzt man dann mit den anderen Reisenden und wartet…Auf Digitaltafeln sind die Zielorte angezeigt und am Ende der Halle sind verschiedene Türen, die so lange geschlossen bleiben, bis der Zug im Bahnhof eingefahren ist.

Man kann nicht einfach auf den Bahnsteig gehen. Man wartet, bis der Zug aufgerufen wird, drängelt sich in die Schlange, dann wird das Türchen aufgemacht und die Fahrkarte kontrolliert.

Fahrkarte in der Einen, Koffer in der anderen Hand geht es dann zum Zug.

Kontrolleure an den Zugtüren verhindern, dass man in ein falsches Abteil einsteigt, es gibt nur so viele Fahrscheine, wie Sitze in dem Zug, wie im Flugzeug…

Nur, wenn Feiertage anstehen oder es einen anderen Grund gibt, weshalb überdurchschnittlich viele Chinesen verreisen wollen (Semesteranfang oder –ende …) werden auch Stehplätze verkauft.

In jedem Abteil befanden sich zwei Stockbetten.

Wir hatten nur noch Karten für oben bekommen darum war meine Mutter im Nachbarabteil untergebracht und teilte sich den engen Raum mit drei jungen Chinesinnen.

Auch meine Mutter schlief oben.

Die unteren Betten bei Michel und mir waren mit einem chinesischen Pärchen mittleren Alters belegt, die uns nicht gerade willkommen hießen.

Es war ihnen sichtlich nicht recht, das Abteil mit uns teilen zu müssen (obwohl wir ein blondes Kind dabei hatten, wie ungewöhnlich für China!).

Es war mir ziemlich unangenehm, wie mich der Mann ständig anschaute, so durch einen Spiegel, der an der Tür hing. Da es aber ganz schön warm und stickig war, war an ein Schlafen in Anziehsachen nicht zu denken.

Eine enge Jeans auszuziehen, während man auf einem Hochbett sitzt, schwitzt und nur einen knappen Meter Höhe über sich hat, ein Kleinkind neben sich auf dem schmalen Bett und einem neugierigen Chinesen, der einem beim Ausziehen zugucken will, ist absolut nicht einfach!!!

Irgendwie ging es aber doch und ich dachte nur mit Grauen daran, dass ich am Morgen irgendwie auch wieder da herunter musste… Da es in China sehr früh dunkel wird, konnte man während der Fahrt nicht viel sehen, obwohl an Schlaf nicht viel kam, da Jakob mich ständig getreten hat und es so heiß und stickig war.

Außerdem hat der Chinese unter mir geschnarcht und gepupst…

Meiner Mutter war auch kein erquickendes Zugerlebnis beschieden, denn ihr Bett roch durchdringend nach Urin und eine der Chinesinnen hatte eine Plastiktüte wie eine Windel in die Unterhose gesteckt (!!!) und das raschelte bei jeder Bewegung…

Außerdem traute sie sich nicht, ausreichend zu trinken, denn zum einen ist es gar nicht so einfach, sich akrobatisch von dem Hochbett herunter zu turnen und zum anderen sind die Stehklos in einem chinesischen Zug nicht unbedingt ein hygienischer Vorzeigeort.

Ich möchte mir selbst an dieser Stelle meine enorme Sportlichkeit bescheinigen, die ich bei zweimaligem Toilettengang darbot!

Immerhin musste ich meinen Abstieg so hinkriegen, dass der Chinese mir dabei nicht unter mein Nachthemd gucken konnte!

Und ich schwöre: Er hat es ganz offen versucht!!!

Zwischendurch wurde dann immer mal wieder die Abteiltür aufgerissen und eine Stewardess bot Früchte oder Tee an.

Aber das ging so schnell, dass die Tür bereits wieder geschlossen war, bevor ich „Hier!" schreien konnte.

Trotzdem haben wir die zehn Stunden Zugfahrt überlebt! Falls Jemand von Euch einmal dergleichen vorhat, gebe ich euch den Rat, ein ganzes Abteil zu kaufen.

Das spart jede Menge Nerven, und die Fahrkarte kostet auch nur 40 Euro für die 1000 km Nachtzug.

Wir kamen jedenfalls ziemlich gerädert in Peking an und waren heilfroh, dass der Michel ein so schönes Hotel für uns ausgesucht hatte.

Dort konnten wir uns bei einem ausgiebigen Frühstück erholen…

Eine Fahrkarte muss man übrigens immer dort kaufen, wo der Zug abfährt.

Wir konnten also von Nanjing aus nur eine Fahrkarte nach Peking kaufen – nicht aber von Peking zurück!

So geschah es, dass die Rückfahrt bereits ausgebucht war, als wir eine Fahrkarte erstehen wollten.

Zum Glück gab es noch zwei Abteile der ersten Klasse!

Was für ein Unterschied! In jedem Abteil sind nur zwei Betten, ein eigenes (Sitz!-) Klo mit Waschbecken, die Betten sind breiter und es gibt sogar einen Sessel.

Gemeinsam mit dem normalen Vier-Betten-Abteil ist aber der „Blumengruß" auf dem Tischlein: Eine gehäkelte Rose in einer kleinen Plastikvase!

In diesen geräumigeren Abteilen haben wir auf der Rückfahrt prima geschlafen und ich könnte mir auch gut vorstellen, damit eine lange Reise durch China zu machen... Allerdings

(und verständlicherweise...) unterschied sich nicht nur die Einrichtung und der Komfort von dem Abteil der Hinfahrt, sondern auch der Preis...

Darum kann man, statt erster Klasse mit der Bahn zu fahren, auch gleich in das Flugzeug steigen.

Die große Mauer

Selbstverständlich zog es uns, wie wohl alle Touristen, zu dem wohl gewaltigsten Bauwerk der Chinesen: Die große Mauer.

Wir entschlossen uns, sie bei Simathai zu besichtigen, dem wohl noch ursprünglichsten Bereich der ehemaligen Landesgrenze.

Der Bus war mit Klimaanlage ausgestattet, wofür alle Insassen dankbar waren, denn die Temperatur in Peking lag um die 30 – 34 Grad, es war Anfang Juni!

Die Busse fahren übrigens erst ab, wenn sie voll besetzt sind.

Vor uns saß ein junges Pärchen, die bereits um 7.30 Uhr eingestiegen waren, der Bus fuhr aber erst um 9.oo Uhr los…

Die Fahrt dauerte ungefähr drei Stunden, wobei davon mehr als eine Stunde die Fahrt aus Peking hinaus betrug.

Wunderschöne Landschaften mit sachten Hügeln, Felder und Dörfer zogen sich malerisch neben der Autobahn dahin.

Wir genossen die Aussicht, so gut es ging, doch mit der Zeit wurde dem quirligen fast dreijährigen Jakob ziemlich langweilig, er war ja doch sehr aus seinem Alltag gerissen, als wir mit dem Nachtzug nach Peking fuhren und nun im Hotel nächtigten…

So waren wir heilfroh über das unerschöpfliche Repertoire an Fingerspielen und Kinderliedern, mit dem meine Mutter die Fahrt rettete!

Faszinierend auch, dass ich selbst die meisten Lieder noch (zumindest bis zur zweiten Strophe…) noch kannte, immerhin ist meine Kindheit schon einen Weile her und Frederike ist auch schon 16 Jahre alt!

Welche Kinderlieder aus eurer Kindheit kennt ihr denn wohl noch?

Es ist recht amüsant, sich mal wieder daran zu erinnern und zu versuchen, die Verse und Melodien wieder zu finden! Versucht es nur mal, ihr werdet überrascht sein, was für Erinnerungen da wieder zu Tage treten!

Dann kamen wir auf dem Parkplatz an und schauten zum ersten Mal auf die Berge, auf deren Kamm sich die Mauer entlang schlängelte. Auf über 7000 km Länge sollte sie das Reich der Mitte vor den Barbaren und den Mongolen schützen (richtig genützt hatte es freilich nicht…) Die meisten Arbeiter waren Gefangene und kamen vom Mauerbau nicht wieder zurück.

In Simathai kann man das wohl noch ursprünglichste Stück Mauer betreten, die anderen Besucherorte sind sehr überlaufen und vor allem fast komplett renoviert.

In verschiedenen Teilstücken wurde in mehreren Hundert Jahren Stein um Stein gemauert, Wachtürme gesetzt, Wände gemeißelt, in atemberaubender Höhe!

So, wie wir sie bis heute bestaunen können wurde sie erst im 16. Jahrhundert fertig gestellt.

Und NEIN!!!! Man kann die Mauer NICHT vom Mond aus sehen! Nicht einmal aus einer erdnahen Umlaufbahn.

Michel erzählte mir das mit einem schönen Vergleich: Um die chinesische Mauer vom Mond aus sehen zu können, müsste es möglich sein, ein 10 cm großes Eis am Stiel in 40 km Entfernung als solches zu erkennen, wenn es in der Hand gehalten wird!

Entstanden ist dieses Gerücht durch die chinesische Regierung:

Nach der Landung auf dem Mond 1969, wurden die Astronauten nämlich danach gefragt und sie beantworteten die Frage klar mit: „ Wir haben die chinesische Mauer vom Mond aus **nicht** gesehen.“

Zur Freude aller Chinesen strich die Berichterstattung das „**nicht**“ heraus und fortan war in allen Schulbüchern in China zu lesen:

„Auf die Frage, was die Astronauten vom Mond aus auf der Erde erkennen konnten, erklärte man: „ **Wir haben die chinesische Mauer vom Mond aus gesehen!**“

Unglaublicherweise blieb dieser Bericht in den Büchern bis Mitte der 80ger Jahre!!! Bis nämlich ein chinesischer Astronaut sich in einem Interview verplapperte und meinte, man könne vom Mond aus selbst ganze Kontinente nur schwer erkennen…

Aber zurück zum Aufstieg:

Gut, dass es auch eine Seilbahn gibt, sonst hätten die drei Stunden Aufenthalt gar nicht ausgereicht, um überhaupt bis zur Mauer hinauf zu kommen!

Aber trotz Bahn muss man noch ein ganzes Stück hinaufkraxeln.

Steile Stufen führen hinauf, im Zick-Zack an fast senkrecht herabfallenden Hängen (und das bei meiner Höhenangst – ich gebe zu: es ging mir nicht gut…).

Aus einzelnen Steinen hatte sich Unkraut einen Weg gebahnt und Wind und Wetter haben im Laufe der Zeit ihren Namen in die Wände geschrieben.

Doch kein Bild hätte mich je vorbereiten können auf diesen gigantischen Moment, als ich schwitzend nach dem Aufstieg auf der großen Mauer stand und sie sich unter mir den Berg entlang zum Horizont über die Hügel zog.

Als ich die Augen schloss meinte ich durch das Rauschen des Windes hindurch das Schlagen und Hämmern der Handwerker zu hören, die Schreie der Gefangenen das Ächzen und Stöhnen und die Rufe der Vögel, die in luftigen Höhen ihre Kreise über der Mauer zogen, während die Menschen ihrer schweren Arbeit nachgingen.

Trotzdem ist dieser klotzige Streitwall so ästhetisch und schön, die Farben so klar und warm, dass es einem die Sprache verschlägt, ebenso wie die atemberaubende Landschaft, die sich vor den Augen räkelt bis ein Dunstschleier die Bilder in der Ferne verschlingt.

Wie gut, dass nicht so viele Besucher da waren…

Trotzdem ist man auch hier nicht vor den Souvenirverkäufern sicher, im Gegenteil, sie gehen einem nämlich nicht mehr von der Seite und da die Mauer nicht wirklich breit ist, wird man die gesprächigen Damen nicht wieder los.

So kam Jakob zu einem Wassereis, meine Mutter zu einem Bildband über die Mauer und Michel kaufte für uns drei T-Shirts, worauf steht:

„I climbed the Great Wall! "

Die Verbotene Stadt

Selbstverständlich haben wir uns vor dem Besuch der verbotenen Stadt auch über den letzten Kaiser und die verschiedenen Dynastien informiert.

Darum meinten wir auch, dass wir es nicht nötig hätten, einen Guide, einen Führer, zu engagieren, die vor dem Haupteingang der Verbotenen Stadt ihre erläuternden Dienste anboten.

Außerdem waren wir der Meinung, dass eine „richtige, ernsthafte" Besichtigung mit Jakob ohnehin nicht möglich wäre.

Ich hatte mir die Anlage gar nicht soooooo groß vorgestellt! Das Erste, was den Besucher vor dem Äußersten Tor erwartet, ist ein Bild von Mao….

Und das Michel und meine Mutter ausgerechnet diesen Tyrannen fotografieren mussten, war mir gar nicht recht, auch wenn Michel meinte:" Das gehört dazu!"

Bevor man sich überhaupt eine Eintrittskarte kaufen kann, muss man durch 3 große Tore mit großen Höfen (Plätzen) laufen.

Mit dem Billet in der Hand geht es dann ab in die eigentliche „Stadt". Die Bauten und Paläste erschlagen den Besucher förmlich mit ihrer Dominanz.

Über 8000 Räume, in denen der Himmelssohn mit seinem Gefolge (immerhin mehrere Tausend Menschen) wohnte.

Jede Dachziegel ist verziert, jeder Raum mit Schnitzereien, Decken- und Wandmalereien versehen und doch spürt man bis heute den Zwang und die Unfreiheit der Menschen, die dort in ziemlich beengten Verhältnissen gelebt haben.

Alles lief nach strikten Regeln und Formalien ab.

Wer wen wie zu grüßen hatte, wer sich wie wo aufhalten durfte, alles wurde genau festgeschrieben.

In diesem goldenen Käfig gelebt zu haben war für viele sicher kein Zuckerschlecken.

Erbaut wurde die Verbotene Stadt 1406 bis 1420, also während der Ming-Dynastie.

Dieser Kaiser hat das verschnörkelte Bild des Chinas geprägt, das wir in unseren europäischen Köpfen haben, mit seinen geschwungenen Dächern, der Handwerkskunst, der zur Schau gestellten Macht und dem Reichtum.

Gelb war die Farbe des Kaisers, deshalb sind auch die Tonziegeldächer der Paläste gelb.

In der Mitte der Verbotenen Stadt befinden sich die drei großen Paläste (Hihi, an Einen davon hat der Jakob mal schnell pinkeln müssen...), um sie herum die Gebäude des Verwaltungsapparates, in einem dritten Ring befinden sich die Wohnanlagen.

Wir sind einige Stunden gelaufen, haben uns viel angesehen. Einige Zimmer sind samt Mobiliar erhalten, in anderen Zimmern zeugen Museen mit historischen Funden von Chinas Vergangenheit und Kultur.

Irgendwann waren unsere Köpfe voll von Eindrücken und die Füße ganz schwer, so dass wir den Heimweg antraten, obwohl wir nicht einmal die Hälfte der Verbotenen Stadt besichtigt hatten...

Wer sich vornimmt, alles ansehen zu wollen, sollte sich mindestens zwei volle Tage Zeit nehmen und vor allem einen Führer, denn auch in den Museen sind die Exponate nur in chinesischen Schriftzeichen erklärt, so dass wir außer angucken keine weiteren Informationen bekamen, was sehr schade war!

Trotzdem war der Besuch sehr beeindruckend und lohnenswert!

Der Platz des Himmlischen Friedens

Er erstreckt sich direkt vor dem ersten Tor der Verbotenen Stadt. Nur durch eine große Straße getrennt.

Beim Überqueren des Platzes boten uns chinesische Studenten, die ihr deutsch und englisch an uns üben sollten, an, uns in eine Kunstausstellung zu begleiten...

Wir sagten aber ab, denn mit Jakob in eine Ausstellung, wo er schon ziemlich müde war, hatte wohl keinen Zweck.

Ich weiß nicht genau, ob es die Erinnerung an das Studentenmassaker auf diesem Platz war oder die Tatsache, dass Herr Mao direkt am Ende dieses Platzes in seinem Mausoleum liegt, doch mir lief mehrmals eine kalte Gänsehaut den Rücken hoch und wieder runter...

Vor dem Mausoleum hatte ich große Lust, in den Eingang hinein zu rufen, was ich von ihm halte, habe mich aber nicht getraut, so frei ist China noch lange nicht...!

Am großen Gerichtsgebäude neben dem Platz war eine Uhr, die die Tage, Stunden und Minuten bis zur Olympiade rückwärts zählt.

Selbstverständlich hat Michel sie erst mal fotografiert!

So können wir später ganz genau ausrechnen, an welchem Tag und zu welcher Uhrzeit wir auf diesem Platz waren.

(Nur, falls uns in unserem Leben mal langweilig werden sollte...)

Übrigens sind die Taxifahrer in Nanjing viel freundlicher als in Peking!

Mehrmals geschah es, dass man uns nicht befördern wollte, weil die Strecke wohl nicht weit genug war.

Ich bin dann aber einfach eingestiegen und habe so getan, als ob ich kein einziges Wort verstehe und ihm immer nur die Karte mit dem Namen vom Hotel vor die Nase gehalten uns bedeutet, er solle jetzt losfahren.

Oh, was hat der Kerl geschimpft! Was mir aber wurscht war...

Wärme

In den letzten vier Wochen ist es nun mal richtig warm geworden. Während Deutschland noch versuchte den Winter festzuhalten, ist die Quecksilbersäule in China stetig gestiegen.

Jetzt, Mitte Juni, liegen die Temperaturen um die 40 Grad und selbst ich spreche von „ganz schön warm"!

Die meiste Zeit verbringen wir darum im Garten, wo das Plastikplantschbecken von Jakob steht, und halten die Füße hinein. Manchmal (zur Freude aller Nachbarn) setze ich mich auch ganz mit hinein.

Sehr schade ist, dass das Freibad, welches keine 5 Minuten von uns entfernt ist, noch nicht offen hat. Es ist nämlich offiziell noch kein Sommer!

Viele Chinesen laufen auch bei 40 Grad noch mit langen Hosen und in Pullovern herum – unfassbar…

Rosentod

In meinem Garten blühen den Zaun entlang viele Rosen es müssten wohl hundert ca. 1 Meter hohe Stöcke sein und sie umschließen den gesamten Garten.

Weil ich weiß, dass meine Schwiegermutter Rosen sehr mag, wollte ich ihr (und mir auch…) die Freude machen, mich wirklich gut um diese Blumen zu kümmern. (Selbstverständlich habe ich auch damit gerechnet, mich dann bei ihrem nächsten Besuch über gehöriges Ahhh! und Ohhh!, sowie ein dickes Lob für meine Mühen, freuen zu können!)

Nach Anleitung aus dem dicken Gartenbuch und mit einer extra neuen „Gardena-Gartenschere" schnitt ich nun seit dem Frühling mindestens einmal in der Woche die abgeblühten Köpfe ab, wässerte Abends die Erde, damit nichts ob der Hitze einging – ja, ich passte sogar auf, dass Jakob ihnen nicht fußballspielender Weise zu nahe kam!

Und tatsächlich, meine Rosen wuchsen empor und trugen stolz unzählige Blüten! (Und das, obwohl mein Daumen nicht einmal „mint"-grün ist!)

Selbst der Besuch, der bei meiner Nachbarin weilte, lobte die Pracht und machte vor seiner Abreise Photos.

Eines Tages, als meine Mutter zu Besuch war und nach dem Mittagsschlaf in den Garten trat, bemerkte sie eine Wasserfontaeine. Erst dachten wir, da wäre vielleicht ein Hydrant kaputt, denn die Wassersäule stieg um die 5 – 7 Meter in die Höhe und spritzte etliche Liter Wasser durch die Luft. Dann aber sah ich das Unheil:

Ein Gärtner, vom Compound angestellt, hielt unter großer Mühe einen dicken Feuerwehrschlauch fest und wässerte damit die Gärten. Wer von euch schon mal einen Wasser spritzenden Feuerwehrschlauch aus der Nähe gesehen hat, weiß, wie viel Druck dahinter steckt…

Und nun senkte er dieses Ungestüm und schoss, gleichsam einer monströsen Waffe, innerhalb von wenigen Sekunden meine mit Fleiß aufgezogenen Rosen kaputt.

Während ich auf ihn zulief und schrie, zerstörte er zielgerichtet die Hälfte meiner Zaunbepflanzung.

Als ich ihm dann (mit sehr deutlichen Gesten) zu verstehen gab, dass er wohl nicht ganz das Richtige tat und sich gefälligst anderswo aufhalten soll, konnte er gar nicht verstehen, warum ich mich so aufrege…

Er hat ja nur bewässert!?

Jetzt sahen meine einstmals herrlichen Rosensträucher ziemlich gerupft aus, der Rasen lag voller rosa und roter Blütenblätter, einzelne Stängel hingen traurig baumelnd herunter.

Oh, was war ich wütend!

Und ich hatte zuvor noch nicht einmal ein Photo gemacht, mit dem ich meine Schwiegermutter hätte beglücken können!!!

So bleibt nunmehr nur noch dieser Bericht…

Fußball

Wer mich persönlich kennt, wird jetzt irritiert die Augenbrauen heben, denn ich habe von Fußball so viel Ahnung wie eine Maus vom Tennisspielen…

Nein, keine Bange, ich werde mich nicht zur Weltmeisterschaft äußern!

Auch wenn es mir eigenartig erscheint, dass der Fernsehsender „Deutsche Welle" nicht ein einziges Spiel überträgt, einige chinesische Sender jedoch fast rund um die Uhr mit diesem Thema beschäftigt sind, obwohl die Chinesen selbst gar nicht teilnehmen.

Auch über die Bedienungen in den Hotels und Restaurants, die seit dem Beginn der WM mit albernen Fußballtrikots und Plastikhaarperrücken in Orange oder Weiß herumlaufen, möchte ich gar nicht reden.

Oder gar einige Verkehrspolizisten, die sich doch tatsächlich die Deutschland-Farben auf die Wangen gemalt haben!!!

Nein, richtig erstaunt war ich, als ich im Taxi saß und nur mit halbem Ohr das immer dudelnde Radio ertragen musste.

Ich muss wohl ganz schön komisch geguckt haben, als da plötzlich deutsche Musik aus den Lautsprechern tönte!

Und zwar von den „Prinzen"!

Das Lied zur Fußball-WM in Deutschland.

Jaja, ihr lehnt euch nun zurück und sagt: „ Na und?" - Aber ich bin seit einem Jahr nicht mehr in Deutschland gewesen und habe außer Menschen, die hier in Nanjing sind, keine Leute deutsch reden hören.

Und schon gar nicht in einem chinesischen „Auseinanderfall-Taxi" mitten in der Stadt!

Das war schon ein komischer Moment!

Rike ist 16!

Wer schon mal den 16. Geburtstag seiner Tochter miterlebt hat, wird dieses erhebende Gefühl nachvollziehen können!

Es ist der Tag, an dem man mit allen Sinnen auskostet, dass es ihr peinlich ist, wenn man morgens am Frühstückstisch ein Geburtstagslied singt.

Im Kanon.

Es ist der Tag, an dem man so richtig mitbekommt, dass die Dame nun anfängt, ihre eigenen Wege zu gehen, indem sie von der Hineinfeier-Fete vom vorherigen Abend erzählt und einem bewusst wird, dass man weder die Begleitungen, noch die Lokalitäten kennt…

Es ist der Tag, an dem das „Kind" es gnädig über sich ergehen lässt, dass man ihr ein Mittagessen nebst Kaffeetrinken mit der Familie aufs Auge drückt.

(Ich rate allen Eltern, die noch zu diesem Erlebnis kommen, dringend von dem Vorschlag ab, nach dem Essen mit allen Gästen Kinderphotos anzuschauen!)

Das erste, was Frederike nach dem Auspacken der Geschenke und dem Ausblasen der Kerzen sagte, war: „ Und ab heute darf ich Bier trinken!!!"

(Dabei mag sie gar kein Bier und hat das von uns ihr Überreichte nur mit viel Mühe hinunter würgen können…)

Immerhin darf sie jetzt auch mit unserer Zustimmung in die Disco gehen und überhaupt, ist sie jetzt enorm erwachsen geworden.

(Warum muss ich denn dann eigentlich morgens noch ihr Schulbrot schmieren???)

Es ist der Tag, an dem alle Beteiligten darauf warten, dass heute etwas ganz und gar Außergewöhnliches passiert. (Obwohl genau das doch vor genau 16 Jahren geschah…)

Und es wird der Tag werden, an dem man abends einen heulenden Teenager im Arm hält, weil sich eben diese Erwartung nicht erfüllt hat.

Es ist der Tag, an dem ich mir nicht mehr den Kopf zerbrechen muss, welche Spiele ich mit den Gästen mache, sondern höchstens darauf achte, welche Spielchen sie **auf keinen Fall** machen sollten…

Es ist der Tag, wo ich mit stolz geschwellter Brust umher laufe und allen Menschen erzähle, dass „meine Große" heute Geburtstag hat. (so, dass sogar der Taxifahrer sie kostenlos heimgefahren hat…)

Der Tag, an dem ich mich selbst beglückwünsche, die letzten 16 Jahre einigermaßen schadlos überstanden zu haben.

Und es ist der Tag, an dem ich nachts in die Kissen weine, weil ich so glücklich bin, mit einer so tollen jungen Frau leben zu dürfen.

Und so traurig bin, weil ich weiß, dass sie mich bald verlassen wird.

Und außerdem ist es die Zeit, in der ich mit Frederike abends vor dem Fernseher sitze, „Gilmore Girls" anschaue und wir zu zweit mehrere Tüten Chips in uns hineinstopfen, um hinterher zu seufzen, dass wir uns ja sooooo fett fühlen!

Es ist der Tag, den Frederike so heiß ersehnt hat, weil sie jetzt endlich die Filme gucken darf, die erst ab 16 Jahren freigegeben sind und darum bat sie Michel und mich, abends „The sixth sense" anzuschauen.

Die Nacht danach hat sie (nach eigenen Angaben) bis zum Hellwerden nicht geschlafen und ist jetzt der Meinung, ich hätte sie doch wohl davor bewahren müssen.

Es ist die Zeit, in der Frederike feststellt, dass Frauen auch einfach so, ohne Grund, weinen dürfen.

Die Zeit, in der meine Outfits und Handtaschen wie von Geisterhand den Weg in ihr Zimmer finden (und nie wieder herauskommen!!!).

Eine Zeit, in der in langen abendlichen Sofa-Gesprächen geklärt werden kann, dass Jungs doch Menschen sind und Probleme haben können, die ein normaler Menschenverstand nachvollziehen kann. (Auch wenn das gar nichts nützt, weil „er" natürlich einfach „doof" ist…)

Die Zeit, in der man ihre kleinen Gemeinheiten so lange sammelt, bis es Zeit wird, sie zurückzugeben und seine Tochter völlig aus der Fassung bringt, wenn man auf offener Straße hinter ihr geht und dann sagt:

„ Mensch sag mal, hast du gerade deine Tage, oder was ist das für ein Fleck am Po?" (Sehr lustig, man sollte das allerdings nur tun, wenn man sie hinterher mit etwas sehr Wirksamen besänftigen kann...)

Und es ist die Zeit, wo jeder kleine Streit sich innerhalb von Minuten zu einer Katastrophe ausweitet, die Welt aus den Angeln hebt, um nach einer Stunde still im Nirgendwo zu verschwinden und so zu tun, als hätte es ihn nie gegeben.

Die Zeit in der die Väter meist mehr leiden, als der Rest der Beteiligten...

Und selbstverständlich die Zeit, in der ich (wenn ich von ihr genervt bin) mich hämisch über jeden Pickel in ihrem Gesicht lustig mache, in dem Bewusstsein, das **meine** Pubertät schon lang vorbei ist!

Und die Zeit, in der ich bitter lernen muss, dass die Augen der Herren mich (wenn überhaupt) nur noch flüchtig streifen, um dann bewundernd an meiner Tochter hängen zu bleiben...

Urlaub in Deutschland

Ein ganzes Jahr ist nun seit unserem Umzug nach Deutschland vergangen. Eigentlich wollte ich gar nicht so schnell wieder dorthin zurück, wäre da nicht das Life-Rollenspiel Mythodea, bei dem ich unbedingt mitmachen wollte.

Darum flogen Jakob und ich kurzerhand nach Deutschland.

Der erste Eindruck, als meine Schwiegereltern uns vom Flughafen abholten:

Die Straßen kamen mir sehr eng vor und die Autos fuhren viel zu schnell!

Papa auch.

Er raste mit 120 Sachen über die Autobahn und ich bekam vor Angst schweißnasse Hände.

In China fährt man ja nicht so schnell…

Dann fiel mir auf, dass mich doch tatsächlich niemand auf der Straße beachtet hat!

Ich habe mich so daran gewöhnt, beim Einkaufen ab und zu mal eine Pause zu machen, damit die Leute meinen Sohn fotografieren können, dass es mir jetzt ganz eigenartig vorkam, dass die Menschen noch nicht einmal „Guten Tag" sagten, auch dann nicht, wenn ich es ihnen freudig entgegenschmetterte.

Offenbar gehört es in Deutschland nicht mehr zum guten Ton, zurück zu grüßen.

Sehr merkwürdig: Keiner will handeln!

Seit ein paar Jahren ist es doch auch in Deutschland erlaubt, aber in den Geschäften wehrte man sich mit Händen und Füßen, als ich versuchte, mein Urlaubsbudget ein wenig zusammen zu halten:

„Unsere Ware ist doch ausgezeichnet, den Preis müssen Sie auch zahlen!" wies mich eine Verkäuferin zurecht.

Nicht einmal im Blumenladen war man bereit, mir auch nur eine einzige Rose mehr mitzugeben. Vielleicht sind die Deutschen ja doch irgendwie mit den Schotten verwandt..?

Außerdem wurde mir in China berichtet, was für eine tolle Stimmung in Deutschland herrscht, seit der Weltmeisterschaft. Davon habe ich allerdings sehr wenig gesehen.

Außer ein paar vergessenen Fahnen blickten die Passanten noch genauso grummelig und ernst, wie vor dem Fußballevent.

Kein Panzerglas

Das erste richtige Erlebnis mit Deutschland hatte ich allerdings am Hauptbahnhof Hannover.

Dort hatte Michel von China aus bei einer Autovermietung mit einem schwarz-weiß-roten Logo ein Auto für mich reserviert.

Und damit ich im Urlaub auch finanziell gut versorgt bin, hat er mir seine silbernen Amex- und Lufthansa Kreditkarten mitgegeben.

(zugegeben: darüber freute ich mich außerordentlich, kann man doch als Mädchen mit solchen Karten so richtig Spaß haben!)

Nun legte ich also auch fröhlich die Karten, Pass und Führerschein auf den Tresen, die Dame dahinter lächelte verbindlich.

Ein Blick auf die Karten, dann runzelte sie die Stirn: „Tut mir leid, aber diese Karten kann ich nicht akzeptieren."

Ich staunte, denn mit der Deckungssumme dieser Kreditkarten müsste man mir eigentlich einen roten Teppich unter die Füße legen...

„Jaja", sagte, die Dame hinter dem Schalter. „Aber diese Karten sind auf ihren Mann ausgestellt."

„Selbstverständlich sind sie das. Aber ich habe hier doch sogar eine Vollmacht mit einer Kopie seines Ausweises." Erklärte ich und schob ihr diese zu.

„Nein, das geht auch nicht. Da müsste ihr Mann schon persönlich vorbeikommen."

„Gute Frau, mein Mann sitzt gerade in China. Der kann nicht mal eben vorbei kommen."

„Dann kann ich ihnen leider nicht helfen." Sie schaute mich an, wie man ein Kind ansieht, dem man den ersehnten Lutscher nicht aushändigen darf, weil die Mama es verboten hat.

Da traf sie plötzlich ein Geistesblitz:

„Wenn Sie vielleicht eine EC-Karte auf Ihren Namen haben, dann könnte ich Ihnen einen Wagen geben. Ich müsste dann allerdings das Zweifache an Kaution mit abbuchen."

Ich schluckte: „Äh, ich habe aber auf meinem Girokonto nicht mal eben über 2000 Euro, die übrig wären..."

Dann griff ich zum Telefon und rief den Michel an.

Der fiel erst aus allen Wolken und meinte dann, er würde mir halt das Geld auf mein Girokonto überweisen, dann wäre das doch geklärt.

Ich solle halt jetzt das Auto nur für zwei Tage mieten, dann den Vertrag verlängern, wenn das Geld auf dem Konto eingetroffen ist. Bis dahin reicht ja meine eigene Kohle.

So übereingekommen, schob die Dame meine EC- Karte durch ihr Lesegerät.

Karte ungültig.

Es dauerte eine Weile, bis ich begriffen hatte: Die EC-Karte, die mir meine Bank extra nach China geschickt hatte, damit ich in meinem Urlaub beim Geldabheben keine Probleme habe, funktionierte nicht.

„Tja, „ sagte die Dame gedehnt, " am Besten setzen sie sich mal mit ihrer Bank in Verbindung."

Für ihren Blick wünschte ich ihr spontan grüne Beulen an die Füße, machte mich aber brav auf in die Innenstadt, zur bekannten Bank mit dem roten Zeichen.

Dort stand ich am Service-Schalter an, um mein Problem vorzubringen.

Es waren übrigens drei Schalter, von denen aber nur einer besetzt war, die anderen beiden Angestellten saßen da und aßen ihr Frühstücksbrot.

„Guten Tag, meine EC-Karte funktioniert nicht." Sagte ich zu der rotgefärbten, dauergewellten Mitarbeiterin.

„Haben Sie die Karte an unseren Automaten im Vorraum auch ausprobiert?"

Nein, hatte ich nicht – also ab nach draußen.

Anstehen, Karte rein – ungültig – zurück in den Schalterraum.

Wieder anstehen, immer noch nur ein Schalter besetzt.

„Funktioniert auch hier nicht." Klärte ich die Dame auf.

Sie besah sich die Karte von allen Seiten und meinte fachmännisch: „Da ist der Magnetstreifen kaputt."

„Aha." Sagte ich.

Sie sah mich über den Rand ihrer vergoldeten Brille an: "Haben Sie denn die EC-Karte gemeinsam mit Ihrem Handy in der Handtasche gehabt?"

„Ja, natürlich, dafür habe ich meine Handtasche doch..."

„Wussten Sie denn nicht, dass dadurch der Magnetstreifen kaputt geht???"

„Äh, nein, das habe ich nicht gewusst. Und jetzt?"

„Da müssen Sie eine Neue beantragen. Das dauert allerdings zwei Wochen. Ich kann Ihnen da nicht weiterhelfen."

Säuselte sie und schob mir die defekte Karte wieder zu, wobei ihre rotlackierten Fingernägel dumpf auf dem Plastik klapperten.

Sie beugte sich an mir vorbei, um den nächsten Kunden vor zu bitten.

„Stopp! Moment mal, ich bin doch noch gar nicht fertig. So lange kann ich nicht warten denn ich brauche jetzt das Geld, ich möchte schließlich nicht in meinem Urlaub unter einer Brücke schlafen! "

Die Dame war inzwischen etwas genervt und sagte schlicht: „Da müssen Sie sich mit Ihrer Bank in Heidenheim in Verbindung setzten. Von dort kann man Ihnen ein Blitz-Giro schicken und Sie können das Geld hier ausbezahlt bekommen."

Bei dem Wort „Blitz" hüpfte mein Herz vor Freude.

„Ja, gute Idee. Würden Sie dann dort anrufen?" fragte ich.

Aus den Augen der Dame sprach alles Unverständnis dieser Welt über diese Frage.

„Nein, tut mir leid, da haben wir unsere Vorschriften, das müssen Sie schon selber tun!"

Ich beugte mich über den Tresen und fragte gefährlich leise:

„Dürfen Sie mir denn wenigstens die Nummer geben oder ist die etwa geheim?"

Sie dachte wohl, ich mache einen Witz und lachte herzlich: „Aber selbstverständlich gebe ich Ihnen die Nummer, das haben wir gleich!" lachte sie und schrieb freudig die Nummer auf einen Zettel.

Da stand ich nun also vor ihrem Arbeitsplatz, dem „Service-Schalter", und telefonierte mit meinem Handy zur Filiale derselben Bank nach Heidenheim.

Dann musste ich das Sprechgerät an die Dame weitergeben, damit die beiden Angestellten der Banken sich über Kontoverbindungen und Bankleitzahlen austauschen konnten, um mein Blitzgiro auf den Weg zu bringen.

Nur 1,5 Stunden später konnte ich dann mein Geld in Empfang nehmen. Für lockere 10 Euro Bearbeitungsgebühr (nach meiner Telefonrechnung hat niemand gefragt).

Jetzt hatte ich also 500 Euro in der Tasche – aber noch immer kein Auto!

Also, zurück zum Bahnhof, zum Schalter der Autovermietung.

„So, sagte ich, " denn man kannte mich ja noch…" ich miete jetzt das Auto erst mal für zwei Tage, danach sehen wir weitern." Und schob ihr die Scheine über den Tresen.

„Ja, aber Bargeld kann ich nicht annehmen." Eröffnete sie mir.

Irgendwie hatte ich das Gefühl, dass dies ein ganz, ganz schlechter Tag wird und so langsam zog sich meine Geduld unter den Nagel meines linken, kleinen Zehs zurück.

Ich klammerte mich hilflos an mein Portmonaie und die ersten Schweißtropfen erschienen auf meiner Stirn.

Vielleicht sollte ich mir einfach die Adresse vom nächsten Autohändler geben lassen und mir einen wagen kaufen…?!

Ich atmete tief ein:

„ Ich habe hier zwei ziemlich großartige Kreditkarten, eine EC-Karte mit kaputtem Magnetstreifen und 500 Euro Bargeld und Sie können mir kein Auto vermieten?! Warum, um alles in der Welt, können Sie denn kein Bargeld annehmen? Hey, Das kommt sogar frisch aus der Bank!"

Die Antwort, die sie mir gab, kam genau so und wörtlich, wie ich es hier schreibe:

„Weil wir kein Panzerglas haben."

186

Vor meinem geistigen Auge begannen sich Bilder aufzubauen: Aldi-Kassiererinnen im grauen Kostüm in Glaskabinen an der Kasse, Eisverkäufer in schusssicheren Limousinen.

Ich stieß ein etwas irres Lachen aus und dann fiel es mir wie Schuppen von den Augen:

Ja! Ich bin wieder in Deutschland!

Schlusswort

Inzwischen ist es September 2006 geworden.

Da ich jetzt über ein Jahr in China wohne, zähle ich zu den Leuten, die man nun schon kennt. Ich bin nicht mehr die „Neue".

Und ich freu mich, dass ich den „neuen" Frauen, die jetzt nach den Sommerferien in Nanjing angekommen sind, ein paar Tipps und Adressen geben kann, damit sie China genau so lieb gewinnen, wie ich.

Noch zwei Jahre Abenteuer liegen vor uns und ich freue mich darauf!

In guten, wie auch in schlechten Tagen dieses Land und seine Menschen kennen lernen zu dürfen, empfinde ich als großes Geschenk und werde es mit allen Sinnen genießen.

Ob ich noch weitere Berichte aufschreibe und nach Deutschland verschicke, weiß ich noch nicht.

Aber ich bin dankbar für alle Menschen, die ich durch diese Berichte kennen lernen durfte, die mir ihre Gedanken und Meinungen schrieben, uns hier auch besuchten, um festzustellen, ob ich in meinen Texten nicht doch übertrieben habe.

Und wie erstaunt waren sie doch, als es tatsächlich so war!

Als in Deutschland meine Ferien verbrachte, fragte man mich:
„ Wenn du jetzt noch einmal ein Jahr zurückgehen könntest, würdest du noch mal nach China gehen?"

Aber ja!

Und ich würde mich ganz sicher wieder auf jeden Tag freuen!

Denn wenn ich auch nur einen Tag missen würde, hätte ich doch einen ganzen Tag verpasst!

Und meiner Meinung nach ist der Sinn des Lebens doch einfach das Leben selbst.